蒙塔巴诺警长探案系列

## 蒙塔巴诺警长探案系列

◎ 水的形状

◎ 偷零食的贼

◎ 悲伤的小提琴

◎ 丁达利之旅

◎ 夜的味道

◎ 变色海岸线

◎ 蜘蛛的耐心

◎ 纸月亮

◎ 八月炙热

◎ 天蛾之翼

◎ 沙子跑道

◎ 陶工之地

蒙塔巴诺警长探案系列

# 夜的味道

[意]安德烈亚·卡米莱里　著

张　莉　译

L'ODORE DELLA NOTTE

Andrea Camilleri

新 华 出 版 社

## 图书在版编目（CIP）数据

夜的味道 /（意）安德烈亚·卡米莱里著；张莉译.
--北京：新华出版社，2017.12（蒙塔巴诺警长探案系列）
ISBN 978-7-5166-3779-1

Ⅰ.①夜…　Ⅱ.①安…　②张…　Ⅲ.①长篇小说－意大利－现代
Ⅳ.①I546.45

中国版本图书馆CIP数据核字（2017）第318010号

著作权合同登记号：01-2016-2577

L'odore della notte by Andrea Camilleri
Copyright © 2001 by Sellerio Editore, Palermo
Simplified Chinese edition copyright © 2018 by Xinhua Publishing House
All Rights Reserved

## 夜的味道

[意] 安德烈亚·卡米莱里 著　　张　莉　译

| | | |
|---|---|---|
| **选题策划**：黄绪国 | **责任印制**：廖成华 | |
| **责任编辑**：高映霞 | **封面设计**：李尘工作室 | |

**出版发行**：新华出版社
**地　　址**：北京石景山区京原路8号　　**邮　　编**：100040
**网　　址**：http://www.xinhuapub.com
**经　　销**：新华书店、新华出版社天猫旗舰店、京东旗舰店及各大网店
**购书热线**：010－63077122　　**中国新闻书店购书热线**：010－63072012

**照　　排**：臻美书装
**印　　刷**：三河市君旺印务有限公司

**成品尺寸**：130mm×185mm　1/32
**印　　张**：6.75　　　　　　**字　　数**：120千字
**版　　次**：2018年1月第一版　　**印　　次**：2018年1月第一次印刷

**书　　号**：ISBN　978-7-5166-3779-1
**定　　价**：36.00元

# 1

　　窗户大敞着，窗框狠狠地撞到墙上，听起来仿佛一声枪响。蒙塔巴诺做了一个梦，梦见自己陷入了一场枪战中。此时，他突然醒来，出了一身的汗，感觉身体冰冷冰冷的。他随口骂了两句，起身关上了窗户。北风呼呼地吹着，冰冷而不断。北风不再像从前那样带给清晨斑斓的色彩，而是让色彩不见了踪影，只留下残败景象，浅淡斑驳，仿佛业余画家周日水彩写生的手笔。很显然，夏天已经到了尾声，秋天即将到来。本应该是秋天，可这寒意颇有冬情。

　　蒙塔巴诺回来接着躺着，过渡的季节越来越短了，他感到很悲哀。它们都去哪儿了？人们的节奏越来越快，很多东西都被无情席卷而走，于是自己作了调整。它们已经意识到，它们只代表一种短暂的停留，然后就悄无声息地自生自灭了。如今的快节奏生活令人毛骨悚然，就像踩着轮子的仓鼠，没有任何停歇的余地。这样的生活充斥着无数动词：活着、吃饭、学习、做爱、繁衍、买卖、排便、死亡。每个动词只持续一纳秒。

但是，有没有其他动词呢？思考、冥想、倾听……为什么就没有呢？游荡、做白日梦、闲逛……实际上，蒙塔巴诺的眼睛里已经饱含泪水，他回忆起父亲在春天和秋天经常穿的衣服，还有冬天穿的轻便大衣。这使他意识到，他必须穿冬装去上班了。

他努力站起来打开衣橱，里面存放着他的厚衣服。樟脑丸散发着刺鼻的气味。起初的时候，这种味道差点儿让他窒息，然后，他的眼睛开始流泪，接着，他开始打喷嚏。他连着打了十多个喷嚏，鼻涕顺着鼻孔淌下来。他感到头晕目眩，胸口的疼痛愈加剧烈。他忘记了，保姆阿德莉娜永远在和飞蛾做斗争，却总是惨败收场。

警长放弃了。他关上衣柜，走到抽屉柜前，拿出一件厚厚的毛衣。阿德莉娜在这里也放了樟脑丸。但这次，蒙塔巴诺有了准备，提前屏住呼吸。他走上阳台，把毛衣放在桌子上，至少能晾去一些气味。但是，当他洗漱完、刮好胡子、穿好衣服回到阳台上准备穿上毛衣时，却发现毛衣不见了。那件毛衣是全新的，是利维娅在伦敦给他买的。他该怎么向她解释，说有几个混蛋对这件毛衣心痒难耐，出手把它抢走了吗？他想象着与女友的谈话：

"哈哈，好极了！我早该想到的。"

"什么意思？"

"因为那是我送你的礼物！"

"那有什么关系呢？"

"关系大了！大了！你永远不会重视任何我送你的东西！就像这件毛衣，它可是我从伦敦带回来送给你的。"

"我还留着它。"

"当然留着！可你从来没有穿过！这算什么？大警长蒙塔巴诺被一些小毛贼偷了？真丢人！"

就在那一刻，他看到了那件毛衣，就是那一件。毛衣在北风的吹动下沿沙滩翻滚着，离大海越来越近。

蒙塔巴诺跃过栏杆跑起来，袜子和鞋里都灌进了沙子。在毛衣被汹涌的波浪卷走之前，他刚好抓住了它。

走回房子，沙子迷住了他的眼睛。他别无选择，只好接受现实：毛衣已经变成了一坨湿透了的羊毛。他刚进到屋里，电话响了。

"嗨，亲爱的。你好吗？我想告诉你，我今天不在家。我要和一个朋友去海滩。"

"你不去上班吗？"

"不。今天休假，因为今天是圣乔治节，热那亚守护神的节日。"

"天气好吗？"

"好极了。"

"好的，玩得开心。晚上再聊。"

再好不过了！此时此刻，他冻得瑟瑟发抖，而利维娅却幸福地躺在阳光下。这进一步证明，世界正在以一种前所未有的方式变化着。现如今，北上的你可能会被热死，而南下的你可能很快就会看到寒冰、熊和企鹅。

他屏住呼吸，准备再次打开衣柜，此时，电话又响了起来。他犹豫了一下，一想到樟脑丸的气味就一阵反胃。他接起了电话。

"你好。"

"哦，长官，长官！"坎塔雷拉气喘吁吁地说，"是您本人吗，长官？"

"不是。"

"那我是在和谁讲话呢？"

"我是阿图罗，警长的孪生兄弟。"

他为什么要跟那个可怜的小白痴开这种玩笑呢？为了发泄坏心情吗？

"真的吗？"坎塔雷拉惊讶地说，"打扰一下，阿图罗先生，如果警长回来的话，您能不能告诉他我有话对他说。"

"我在这呢！怎么了？"

"哦，长官，长官！出大事了！您知道会计师格拉加诺的公司在哪儿吗？"

"你想说的是加尔加诺吧？"

"是的。怎么了，我说的不是格拉加诺吗？"

"没事了，我知道他在哪儿。到底怎么了？"

"怎么了？有个人拿着枪在附近晃悠。法齐奥警官经过时碰巧看到的。那人好像要射杀一位在那里工作的女士。他说他想要回格拉加诺从他那里窃取的钱，否则就杀了那位女士。"

警长把毛衣扔到地板上，把它踢到桌子下面，然后出门了。光是走进车里那点儿时间，他就已经被北风吹得快要癫痫发作了。

※

会计师埃马努埃莱·加尔加诺，身材高大，英俊潇洒，穿着得体，皮肤黝黑，四十岁左右，看起来像一位美国电影明星。他是一个暴富的商人，但无奈辉煌的时期太过短暂。加尔加诺自己说，他出生在西西里岛，但在米兰工作了很长时间。他打出了些名号，被誉为"金融奇迹"的创造者。然后，他觉得自己有了足够的名气，便决定在博洛尼亚单干。据他自己说，他为许多中小投资者带来了财富和幸福。大约两年前，他来到维加塔，宣称自己的使命是"寻回这块我们内心深爱、多灾多难的土地的经济辉煌"。在短短几天内，他就在蒙特鲁萨省四个大城镇设立了办事处。他能言善辩，说服力极强，脸上总挂着令人安心的、大大的微笑。在一个星期的时间里，他开着闪亮、炫目的豪车从一个城镇飙到另一个城镇，很快便赢得了大约一百个客户，平均年龄六十多岁，他们把毕生积蓄都托付给了他。六个月过去后，会计师将这些老人招来发放收益，回报率高达百分之二十，几乎把这些人惊得心脏病发作。随后，会计师将所有客户从周围省份请到维加塔参加晚宴。晚宴结束时，他告诉人们，第二期的回报甚至可能更高。消息传开后，人们开始在他各地办事处的柜台前排队，请求加尔加诺拿走他们的钱帮着投资。会计师照单全收。在第二波浪潮中，除了老人之外，还有很多想赚快钱的年轻人。第二期结束时，第一批客户的回报率增加到百分之二十三。在强劲顺风推动下，事情顺利地进行了一段时间。但是，在第四期结束那一天，埃马努埃莱·加尔加诺消失了。员工和客户等了两天，然后决定打电话到博洛尼亚。据说，迈达斯国王联合公司——投资公司的名称——的总部位于那儿。没有人接电话。一项快速调查发现，该公司办公地点因欠租数月，已经转回业主手中，业主也生气极了。经过一个星期毫无意义的搜索，在维加塔或周边没有发现加尔加诺的踪迹，将钱投资到迈达斯的人们多次暴力冲击了办事处后，关于会计师的神秘失踪出现了两种观点。

第一种观点认为，埃马努埃莱·加尔加诺改名更姓去了大洋洲的一个岛上，现在正和一位衣不遮体的漂亮女人生活在一起，不时嘲笑着将积蓄交给自己的人们。

第二种观点认为，会计师很可能一不小心沾上了黑手党的钱，现在已经成为地下两米的肥料或者当地水域的鱼饲料了。

在蒙特鲁萨省，只有一个人持有不同的看法。那是个女人，名字叫玛利亚斯特拉·科森迪诺。

玛利亚斯特拉五十多岁，身材健壮，相貌平平。她向迈达斯在维加塔的办事处提交了求职申请，在亲自与老板进行了简短而紧张的会面后，她获得了这份工作。故事就是这样说的。然而，虽然他们会面的时间非常短，这个女人却无可救药地爱上了会计师。这是玛利亚斯特拉的第二份工作。在获得会计学学位后，多年来，她一直住在家里帮衬父母。后来，她的母亲去世了，她的父亲也越来越离不开人，直至去世。然而，这是她第一次坠入爱河。因为玛利亚斯特拉被指腹为婚给一位远房表哥，除了在照片中，她从来没有见过他本人，因为他年纪轻轻就死于一种奇怪的疾病。这一次，情况不同了。玛利亚斯特拉不仅看到了活生生的爱人，还和他说过几次话。有一天早晨，她和他挨得如此接近，甚至都能闻到他须后水的味道。这驱使她做出了一些大胆的举动，大胆到她永远想不到自己会做这样的事。她乘坐公共汽车到菲亚卡逛了一家亲戚开的化妆品店，她一瓶一瓶闻过之后，找到了爱人用的那款须后水。她买了一瓶，放在床头柜的抽屉里。夜深人静，在空荡荡的屋子中忍受着寂寞啃啮，从床上惊坐起来时，她便会将其取出，闻一闻须后水的气味。伴着香味，她回到睡梦中，低语着："晚安，我的爱人。"

玛利亚斯特拉相信，埃马努埃莱·加尔加诺没有卷款私逃，更没有被黑手党杀害。米米·奥杰洛询问她时（蒙塔巴诺不想参与，说自己对钱的事一窍不通），科森迪诺女士说，她认为，这位会计师只是暂时失忆，他迟早会重新现身，平息所有的流言。她说得如此清晰坚定，奥杰洛几乎都相信了她的话。

玛利亚斯特拉坚信加尔加诺是诚实的，她每天早上都会打开公司大门，坐下来等待爱人回归。城里的每个人都嘲笑她。这里的"每个人"指的是与会计师没有瓜葛的人，因为损失惨重的人们根本没有心情笑。前一天，加洛告诉蒙塔巴诺，科森迪诺女士甚至自掏腰包垫付了办公室的租金。现在，这个家伙为什么要用枪威胁她，还要从她那里把钱要回来呢？太可怜了，她与整件事情无关。为什么呢？为什么这个心烦意乱的投资者这么晚才想出这么一个"妙招"呢？要知道，这时候距加尔加诺失踪已经过了三十多天了，其他受害者早就已经接受了自己被骗的现实。蒙塔巴诺倾向于第一种观点，认为会计师在卷走大家的钱以后消失了。对于玛利亚斯特拉·科森迪诺，他感到非常惋惜。每次他碰巧路过这家公司，看到她平静地坐在前台后面时，他心脏中一种疼痛便油然而生，那种疼痛会持续一整天。

※

在迈达斯国王联合公司办公室前面约有三十个人，看起来很激动，三名市警阻止了他们的行为。看到警长前来，他们便围住了他。

"里面真的有持枪的男人吗？"

"他是谁？他是谁？"

他穿过拥挤的人群，连推带喊地到达了大楼入口。但在这里，他停了下来，有点儿迷惑。他朝里看了看，通过背影便认出了米米·奥杰洛、法齐奥和加鲁佐。他们看起来像是在跳一种奇怪的芭蕾舞：首先向右弯曲上半身，然后向左弯曲上半身，之后再向前一步，退后一步。他悄无声息地打开玻璃外门，更仔细地看了一下现场。办公室很宽敞，由一个木质柜台分成两部分，柜台上有玻璃板，顶部是柜台窗口。隔断外面有四张空桌子。玛利亚斯特拉·科森迪诺像往常一样坐在柜台窗口后面，脸色苍白却沉着冷静。

袭击者——也许不是，蒙塔巴诺不知道如何定义——站在两个分区的小门口，枪口指向玛利亚斯特拉和三个警察。他是一位八十岁左右的老人，警长立刻认出了他：受人尊敬的测绘师塞尔瓦托·加祖洛。部分是因为紧张的局势，部分是因为严重的帕金森病，那把老爷枪（大概是水牛比尔和苏族时代的东西了）在老人的手里抖得很厉害，所以大家都很害怕，因为虽然他瞄准了一个警察，但他们不知道子弹最后可能会射向谁。

"那个混蛋骗了我的钱，我要讨回我的钱！否则我就杀了那个女人！"

测绘师一直嚷着同样的要求，已经持续一个多小时了。现在，他筋疲力尽，嗓子也变得嘶哑，发出的声音不像是说话，倒像是咽痰。

蒙塔巴诺若无其事地向前走了三步，穿过属下围成的圈，面带微笑地向老人伸出手。

"亲爱的加祖洛先生，很高兴见到您！您好吗？"

"我很好，谢谢。"加祖洛有些困惑地说。

看到蒙塔巴诺准备再向前迈一步时，他立即恢复了警觉。

"别动，不然我就开枪了！"

"看在老天爷的份儿上，警长，小心点儿！"科森迪诺女士平稳地说，"如果有人要为加尔加诺先生牺牲的话，那就让我来吧。我准备好了！"

蒙塔巴诺非但没有被这场闹剧惹笑，反而感到很愤怒。如果当时他能一把抓住加尔加诺，肯定要把他的脸打烂。

"都别傻了！没有人需要做出牺牲！"

然后，警长转向测绘师，开始即兴演讲。

"打扰一下，加祖洛先生，请问您昨天晚上在哪里？"

"我去哪儿了关你什么事？"老人凶狠地反驳道。

"为了您自己好，请回答我。"

老人噘着嘴，终于决定开口。

"我回家了。我在巴勒莫医院待了四个月，在那里，我得知加尔加诺卷跑了我所有的钱，那可是我辛苦工作一生攒下的所有积蓄！"

"所以，昨天晚上您没有打开电视？"

"我不想听你废话。"

"所以，这就是为什么您不知道！"蒙塔巴诺得意扬扬地说。

"我应该知道什么呢？"加祖洛目瞪口呆地问道。

"会计师加尔加诺被捕了。"

警长用眼角的余光看了一眼玛利亚斯特拉。他以为她会尖叫，或者做出类似的反应。但是，这个女人一动不动，看起来更多的是困惑而不是信服。

"真的吗？"老人问道。

"千真万确。"蒙塔巴诺说，"他们逮捕了他，没收了很多钱，装满了十二个大手提箱。他们将在蒙特鲁萨省政府把钱归还给合法的所有者。您有加尔加诺开具的收据吗？"

"当然有！"老人说道，用手拍了拍夹克口袋，里面是钱包。

"问题都解决了。"蒙塔巴诺说。

他走到老人身边，从老人手里拿过手枪。

"我明天就能去省政府了吗？"加祖洛问道，"我身体不太舒服。"

要是警长没有扶住他，他肯定会瘫在地上。

"法齐奥，加鲁佐，快，把他扶到车里，带他去医院。"

两个警察扶起老人从蒙塔巴诺身旁走过。老人费力地说了一句："谢谢你们为我做的一切。"

"不用客气。"蒙塔巴诺长舒了一口气，说道。

## 2

同时，米米冲过去帮助玛利亚斯特拉女士。她虽然仍然坐着，却像暴风雨中的一棵树一样来回摇晃着。

"需要我从咖啡馆给你带些什么吗？"

"一杯水吧，谢谢。"

在那一刻，他们听到外面传来一阵阵掌声，人们呼喊道："太棒了！祝加祖洛老人长命百岁！"显然，人群中有许多人被加尔加诺骗了。

"可是，他们为什么那么恨他呢？"米米要离开时，那个女人问道。

她搓着双手，渐渐地，苍白的手有了血色。

"嗯，他们可能有他们的原因。"警长委婉地回答道，"你比我更了解，会计师已经消失了。"

"当然了。但是，人们为什么现在就要想到最糟糕的情况呢？他可能遭遇了车祸，或者摔在了什么地方，记不起事了。我不知道……我甚至打电话给……"

她停了下来，摇摇头，情绪很低落。

"没关系。"她想了想说道。

"告诉我你给谁打电话了？"

"你看电视吗？"

"有时看。为什么这么问？"

"我听说有一个节目叫《有人看见他们吗？》，是关于失踪者的。所以，我弄到了他们的电话号码，而且……"

"我明白了。他们怎么跟你说的？"

"他们说爱莫能助，因为我无法提供必要的信息，例如年龄、失踪地点、照片，等等。"

一片寂静。玛利亚斯特拉的手拧成一团。蒙塔巴诺那可恶的警察本能本来已经昏昏欲睡，但突然间毫无缘由地冒了出来。

"女士，你也必须考虑到加尔加诺先生携带大笔钱财消失了的事实。你知道吗？这涉及数十亿里拉。"

"是的，我知道。"

"你有没有一点印象在哪儿……"

"我只知道他拿这笔钱做了投资。至于投在哪儿，做什么用，我不能说。"

"你和他……"

玛利亚斯特拉的脸变得像火焰一样红。

"你……你什么意思？"

"自从他消失以来，有没有和你联系过？"

"如果有的话，奥杰洛警官询问我的时候我就说了。但我要再重复一遍我对你的副手说过的话：埃马努埃莱·加尔加诺一生只有一个目标，那就是让别人幸福。"

"我深信不疑。"蒙塔巴诺说。

他是认真的。他深信，会计师加尔加诺正在波利尼西亚群岛跟着高级妓女、夜总会老板、赌场经理和豪车经销商一起幸福呢。

米米·奥杰洛回来了，拿着一瓶矿泉水和几个纸杯，手机紧贴在耳朵上。"是的，长官，是的，长官。我马上让他过来。"

他把手机递给警长。

"找你的，是局长。"

多么让人痛苦的事情啊！蒙塔巴诺和局长博内蒂·阿德里奇之间少有尊重或共识。他给警长打电话，这意味着他们要讨论一些令人不快的事情。在那一刻，蒙塔巴诺不希望有这样的事发生。

"乐意为您效劳，局长。"

"即刻到我这儿来。"

"最多给我一个小时，我就……"

"蒙塔巴诺，你可能是西西里人，但是你在学校学过标准意大利语吗？你不明白'即刻'的意思吗？"

"等等，我想一想，意思是'没有时间间隔'。我说得对吗？局长。"

"别耍嘴皮子。给你十五分钟，给我来蒙特鲁萨。"

他挂了电话。

"米米，我马上去见局长。拿上加鲁佐的手枪，带回局里。科森迪诺女士，我给你一个忠告：马上锁好公司大门回家吧。"

"为什么？"

"你看，用不了多久，城里的每个人都会知道加祖洛先生的点子。一些白痴很可能会继续尝试，下一次没准儿就是更年轻、更危险的人了。"

"不。"玛利亚斯特拉坚决地说，"我不会离开的。万一加尔加诺先生回来了怎么办？这里没别人了。"

"那他该有多失望啊！"蒙塔巴诺气愤地说，"还有件事，你打算对加祖洛先生提出指控吗？"

"绝对不会。"

"太好了。"

※

通往蒙特鲁萨的路上，交通堵塞让蒙塔巴诺的心情蒙上了阴影。不仅如此，现在，他的袜子上、皮肤上、领子上和颈部都是沙子，这更让他觉得自己很可怜。在路前方大约一百米的左边，也就是马路对面，他看到了卡车司机休息站，他知道这里的咖啡特别好。在快到的时候，他打开方向灯，突然掉了个头。骚动混乱、刹车鸣笛、叫喊咒骂接踵而至。他奇迹般地来到了休息站餐厅前的停车场，毫发无损。他下车走了进去。他立即认出了两个人，尽管他们背对着他——法齐奥和加鲁佐，每人喝着一杯白兰地。

"大清早就喝白兰地吗？"他挤进两人之间，点了一杯咖啡。

听出他的声音后，法齐奥和加鲁佐转向了他。

"祝你们身体健康。"蒙塔巴诺说。

"没有……只是……"加鲁佐试图为自己开脱。

"我们心情低落。"法齐奥说。

"我们需要烈性的东西刺激一下。"加鲁佐说。

"心情低落？为什么？"

"可怜的加祖洛先生去世了！心脏病发作。"法齐奥说，"我们到医院的时候，他已经不省人事了。我们叫了护士，他们迅速把他推进了医院。我们把车停好后直接进去了，结果他们告诉我们……"

"我们很震惊。"加鲁佐说。

"我自己也有点儿震惊……"蒙塔巴诺承认道，"听着，我要让你们做点儿事情。打听一下他是否有亲戚，如果没有的话，好朋友也行。我从蒙特鲁萨回来后，向我报告。"

法齐奥和加鲁佐道别后离开了。蒙塔巴诺平静地喝着咖啡，然后他记起卡车司机休息站的山羊奶酪也很有名，大家都说味道好，但没有人知道是谁做的。他想买一点儿，于是走到前台。除了奶酪外，那里还摆放着各种香肠和腊肠。警长本来想买一大包，但还是克制住了自己，只买了一小块奶酪。

当他想把车从停车场开出来的时候，马上就意识到这不是一件容易的事。卡车和轿车把四周挤得水泄不通，根本出不去。等了五分钟后，他瞅准机会钻进了一个空位。开车的时候，他的脑海里浮现出一种想法。他也说不清，这使他很困扰。结果，等他反应过来时，车已经开回维加塔了。

现在怎么办？回蒙特鲁萨，在局长面前迟到吗？他干脆将错就错，决定先回马里内拉的家，洗个澡，换身衣服，头脑清醒地去见局长。淋浴的水流让他的思想开始聚焦。

半小时后，他把车停在警局门口。他下了车，走进去。他进入的那一刻就听到了坎塔雷拉震耳欲聋的喊声。那简直不是人的声音了，而是介乎狗吠与马嘶之间。

"啊啊啊，长官，长官，长官！您来了！"

"是的，坎塔，我来了。怎么了？"

"局长像着了魔似的！他打了五次电话！一次比一次生气！"

"告诉他放轻松。"

"我不能那样和尊敬的局长讲话！任何时候都不会！那可是大不敬啊！如果他再次打来电话，我跟他说什么？"

"告诉他我不在。"

"不，长官，我不会这么说的！我不能向局长说谎！"

"那就让他和奥杰洛谈谈。"

他打开了米米办公室的门。

"局长有什么事？"米米问。

"我不知道，我还没去见他。"

"天哪！现在谁来应付他？"

"你呀。你打电话给他，告诉他，我正赶着去见他，结果开得太快，冲出了马路。不过，伤得不重，头上缝了三针。告诉他，我现在感觉好多了，下午就去赴约。总之，跟他闲聊，拖住他，然后来找我。"

他走进办公室，法齐奥跟着进来了。

"我想告诉您，我们找到了加祖洛的孙女。"

"做得好。你怎么做到的？"

"什么也不用做，长官。她自己来了。她很担心。她今天上午去看他，发现他不在家。她等了一会儿就决定来这儿。我不得不告诉她三个坏消息。"

"三个？"

"我们来数一数，长官。第一，她不知道自己的祖父把所有积蓄都给了加尔加诺；第二，她不知道祖父演了一出黑帮电影的戏码；第三，她不知道祖父已经死了。"

"她知道的时候反应怎么样？"

"很不淡定，尤其在听说别人卷走了祖父的全部积蓄时。现在他死了，她可怎么办啊。"

法齐奥走了，奥杰洛走了进来，用手帕擦着脖子。

"局长真把我烦死了！最后，他让我告诉你，除非你快死了，否则他一下午都会等着你过去。"

"米米，坐下，把会计师加尔加诺的真实情况告诉我。"

"现在吗？"

"对，现在。怎么，你有什么急事吗？"

"我不忙，只是故事有点儿复杂。"

"那就长话短说。"

"好吧。但是，我真的只能告诉你一部分，因为我们只管自己权限内的事。局长的命令。案件主要由瓜尔诺塔警长处理，他专门负责诈骗案。"

看着对方的眼睛，他们不禁发出笑声。众所周知，两年前，阿梅里奥·瓜尔诺塔在别人的劝说下购买了一家公司的大笔股份，这家公司要在大斗兽场私有化后将其改建成豪华公寓。

"不管怎么说吧，埃马努埃莱·加尔加诺出生于一九六〇年二月，在米兰获得会计学位。"

"为什么在米兰？他的家人搬到那里了吗？"

"不。他的家人在一场车祸中不幸身亡了，他成了孤儿。他父亲的弟弟，也就是他的叔叔收养了他。他的叔叔是一位单身的银行经理。加尔加诺获得学位后，叔叔在同一家银行给他找到了一份工作。大约十年后，他的叔叔也去世了，只留下他一个人孤零零地活在世界上。后来，他去了一家投资公司，前景不错。三年前，他离职后独自在博洛尼亚开办了迈达斯国王联合公司。之后发生了很多奇怪的事情。他们跟我说的就这些，因为之后的内容不在我们的权限之内。"

"什么奇怪的事？"

"首先，迈达斯国王联合公司在博洛尼亚只有一个雇员，一个像咱们这儿的科森迪诺女士那样的女员工；其次，公司营业额在三年内就达到了二十亿里拉上下。真是太疯狂了。"

"空壳公司。"

"显然。但没有马上发挥作用。加尔加诺策划着一个大骗局，正打算在这里实施。"

"你能给我解释一下这个骗局吗？"

"很简单。假如说你给我一百万里拉帮你理财；六个月后，我给你百分之二十的利息，也就是二十万里拉，回报率很不错。随后，消息散布开来，于是你的另一个朋友也投一百万给我。

再过六个月，我又付给你二十万里拉的利息，同时给你的朋友二十万。然后，我卷着剩下的一百四十万里拉跑路。比方说，这个过程中，我的成本是四十万里拉，扣掉这部分后，我净赚一百万里拉。长话短说，根据瓜尔诺塔的说法，加尔加诺用这种方法轻易捞到了二百亿里拉。"

"该死。这都是电视惹的祸。"蒙塔巴诺说。

"这跟电视有什么关系呢？"

"关系大了。没有哪个电视新闻节目不宣传股票市场、股票指数、道琼斯、纳斯达克、尼斯迪克……人们起初并不知道它是怎么回事，但却留下了深刻的印象。他们知道有风险，但也知道可以赚很多钱，于是一遇到骗子就投入了他的怀抱。让我参与吧，我想参与……不说这个了。你的感觉是什么？"

"我认为，加尔加诺最大的客户包括一名黑手党成员。当他发现自己也被欺骗了之后，肯定想除掉加尔加诺。瓜尔诺塔的看法跟我的一样。"

"所以，你不同意加尔加诺在太平洋群岛上尽享齐人之福？"

"我不这么认为。你怎么想的？"

"我觉得你和瓜尔诺塔是一对蠢货。"

"为什么？"

"我会告诉你为什么，但首先，你必须找到一个足够愚蠢的黑手党，竟然没有看破加尔加诺的低级骗局。要是出了事，他肯定会先迫使加尔加诺让自己入伙。不管怎么说，你们假设的这个黑手党为什么一上来就想除掉他？"

"我不明白。"

"今天反应有点儿慢，是吧？你想一想，这个黑手党怎么能猜到加尔加诺会消失不见，再也不支付红利呢？人们最后一次见到他是什么时候？"

"我不知道，大约一个月前，在博洛尼亚。他告诉秘书他第二天要去西西里。"

"这是怎么回事呢？"

"他说他第二天要去西西里岛。"奥杰洛重复道。

蒙塔巴诺把手放在桌子上。

"坎塔雷拉的毛病是会传染还是怎么的？你也变成白痴了吗？我是问你他会乘坐什么交通工具来西西里。飞机，火车，还是徒步？"

"女秘书不知道。但每次来维加塔，他都会开一辆顶配阿尔法一六六，这种车的仪表板上装着电脑。"

"车找到了吗？"

"没有。"

"他车里有一台电脑，但办公室里却没有看到。真奇怪。"

"他有两台。瓜尔诺塔没收了。"

"他发现什么了？"

"他们还在研究呢。"

"除了科森迪诺女士，加尔加诺在当地分公司有多少员工？"

"两个人，都是互联网专家。一个叫贾科摩·佩莱格里诺，拥有商科学位；另一个是个女孩，米歇尔·曼格纳洛，也在攻读商科学位。他们住在维加塔。"

"我想和他们谈谈。帮我查一下他们的电话号码。我从蒙特鲁萨回来之前放到我办公桌上。"

奥杰洛心情沉闷，站起来离开了房间，没有说一句话。

蒙塔巴诺理解。米米害怕他把案子抢走。或者，更糟糕的是，他担心警长的高招会让案子一下子柳暗花明。但情况根本不是这样。蒙塔巴诺怎么可能告诉他，自己的这些话并无实据，纯属捕风捉影，所谓线索，也不过是随时可能被风吹断的细线？

※

在圣卡罗杰诺餐厅，警长狼吞虎咽地吃了两份烤鱼。后来，他花了很长时间沿着码头散步消化，一直走到灯塔处。他犹豫了一会儿，不知道是否应该坐到往常休憩的岩石上。风太大了，冻得人瑟瑟发抖。不管怎样，他认为最好先把局长的事儿解决了。

到达蒙特鲁萨后，他没有立即到局长办公室，而是去了自由频道的编辑部。工作人员告诉他，他的好友尼科洛·齐托记者外出采风了。但身兼数职的秘书安娜丽莎却抽空跟警长聊了起来。

"自由频道上有没有报道过会计师埃马努埃莱·加尔加诺的事？"

"你是说关于他的失踪吗？"

"也包括以前的。"

"要多少有多少。"

"你能把你觉得最重要的相关报道录下来给我吗？我明天下午来拿。"

※

把车停在蒙特鲁萨中央警局的停车场后，他从侧门进入，有三个人在和他一起等电梯。他只认识局长助理，两人打了招呼。蒙塔巴诺先进了电梯。所有人都进来后——包括一个在电梯门马上要关上的时候冲进来的家伙，局长助理抬起食指准备按下关门键，但还没按下就被蒙塔巴诺的尖叫声吓住了。

"停！"

他们都转过身看着他，又惊讶又害怕。

"打扰一下！对不起！"警长用胳膊肘推开其他人走了出去。

从电梯里出来后，他跑向自己的车，骂骂咧咧地发动了引擎。他完全忘记了米米会告诉局长他的前额缝了几针。他唯一的选择是回到维加塔，找一个药剂师朋友在他的额头上缠上绷带。

# 3

他重新回到了蒙特鲁萨中央警局，头上裹着一大块纱布绷带，看起来活像越战老兵。在局长办公室外面的等候室，他碰到了局长办公室主任拉特斯博士，为人处世颇多做作，人称"拿铁咖啡"。拉特斯注意到了他头上巨大的绷带。

"你怎么了？"

"一起小车祸。不严重。"

"谢天谢地！"

"我已经没事了，谢谢。"

"亲爱的警长，你的家人怎么样？大家都好吗？"

每个人都知道，蒙塔巴诺是孤儿，未婚，也没有私生子。连他养的狗都知道。然而，拉特斯总是固执地问他同样的问题。而警长虽然与他同样固执，但从来没有让他失望。

"他们都很好，感谢上帝。你怎么样？"

"我很好，感谢上帝。"拉特斯说，很高兴两人说了点儿不同于以往的话题。"所以，"他继续说，"是什么好差事让你前来呀？"

什么？局长没告诉办公室主任要叫自己过来的事吗？这是一个秘密事件吗？

"博内蒂·阿德里奇局长打来电话说想见我。"

"哦，真的吗？"拉特斯感到很惊讶，"我马上告诉局长你已经到了。"

他小心翼翼地敲了敲局长办公室的门，走进去，关上了门。过了一会儿，门再次打开，拉特斯出来了。他的脸色大变，没有一丝微笑。

"你现在可以进去了。"他说。

走过他，蒙塔巴诺试图看他的眼睛，但看不到，因为办公室主任一直低着头。该死！看来事情真的很严重。但他做错了什么？他走进去后，拉特斯关上了他身后的门。对蒙塔巴诺来说，那就好像盖上了棺材板一样。

每次跟蒙塔巴诺见面，局长办公室里都会精心布置一番，就像舞台剧一般。这一次的灯光效果颇得弗里茨·朗默片之神韵：百叶窗紧紧地关着，除了一个外，所有的窗帘都被拉下来了，只有一束微弱的阳光穿过，目的是将房间分成明暗两个部分。唯一的室内光源是一个低矮的蘑菇形台灯，光线散布在局长的桌子上，但他的脸完全隐藏在黑暗中。在这样的布景下，蒙塔巴诺觉得自己将要接受一场审讯，方式介于宗教裁判所与纳粹党卫军之间。

"进来。"

警长进了屋。桌前有两把椅子，但他没有坐下，毕竟局长没有请他坐下。蒙塔巴诺没有跟向上司打招呼，而局长也没有。局长一直在看他面前的文件。

五分钟过去了，警长决定反击。如果他不采取主动，博内蒂·阿德里奇可能会一直让他待在黑暗中，几个小时也不嫌多。他把一只手插进夹克口袋，掏出一包香烟，拿出一根烟，放在两唇之间，点着了火。局长从椅子上一跃而起。小小的火苗竟然跟锯短霰弹枪开火有着同样的效果。

"你在干什么？"他从文件中抬起头，惊恐地看着蒙塔巴诺，大喊道。

"我在点烟。"

"马上把那东西拿出去！这里严禁吸烟！"

没说一句话，警长熄灭了打火机，但仍握在手里，嘴里还叼着烟。然而，他取得了预期效果，因为局长害怕受到打火机的威胁，直奔主题。

"蒙塔巴诺，在我成为蒙特鲁萨警察局局长之前，我被迫去秘密处理了几份档案。很不幸，内容是你查过的案子。"

"您真是太敏感了。"

他脱口而出，刚说出来就后悔了。在台灯的光锥下，他看见博内蒂·阿德里奇的手紧紧地握住了桌子的边缘。由于过度用力，指关节都白了。显然，他正极力地控制着自己的情绪。蒙塔巴诺感觉事情不妙，但局长却克制着自己，接着往下讲，声音紧绷着。

"我说的是突尼斯妓女的案子，后来死了的那个女人，她有一个儿子，叫弗朗索瓦。"

男孩的名字像匕首一样直击他的心脏。我的天哪，弗朗索瓦！他多久没见过他了！然而，他决定认真听一下局长将要说的话。他不想让自己被情绪淹没，失去自控和辩解的能力。很明显，博内蒂·阿德里奇要开始指控了。他努力回忆着这个案件的所有细节，因为已经过去很久了。敢不敢打赌？这么多年了，罗英格林·佩拉，特勤局那个混蛋终于找到了复仇的机会。但是，局长接下来的话却让他有点儿懵了。

"你原本打算结婚，收养这个孩子，对吗？"

"是的，这是真的。"警长震惊地说道。

这点儿个人信息与案件调查有什么关系？博内蒂·阿德里奇是怎么知道的？

"好。显然，你后来改变了想法，将弗朗索瓦交付给你的手下，也就是多梅尼科·奥杰洛的姐姐抚养了，对吗？"

这个混蛋到底几个意思？

"是的，没错。"

蒙塔巴诺越来越担心了。他不知道局长为什么对这件事这么感兴趣，也不知道局长会从什么角度发出致命一击。

"都是自家人，是吧？"

显然，博内蒂·阿德里奇嘲讽的语气中话中有话，但蒙塔巴诺依然是一头雾水。这个低能儿的脑袋里到底在想些什么？

"听着，局长。在我看来，这件事我已经记不太清了，但您似乎已经有了成见。不管怎样，请您讲明白些吧。"

"你竟敢威胁我！"博内蒂·阿德里奇歇斯底里地尖叫起来，他握紧拳头狠狠地砸下去，桌子都要裂了。"来吧，告诉我，这本小册子是怎么回事？"

"什么小册子？"

他真的不记得有什么小册子了。

"别跟我装傻，蒙塔巴诺！"

"别装傻"这句话终于激怒了蒙塔巴诺。这些陈腐的废话让他怒不可遏。

这一次轮到他把拳头砸在桌子上了，扑哧作响。

"什么该死的小册子，您在胡说什么？"

"呵呵！"局长冷笑道，"怎么不说我敏感了，蒙塔巴诺？"

蒙塔巴诺心想，要是局长再扯什么"敏感"之类的夹枪带棒的玩意儿，自己一定会揪住他的脖子，把他活活掐死。但他奇迹般地克制住了自己，没有做出任何反应，甚至没有开口。

"谈小册子之前，"局长又说，"我们来谈谈那个男孩，也就是那个妓女的儿子。你没有告诉任何人就把一个孤儿带回你家，这是非法监禁未成年人，蒙塔巴诺！有专门的法院处理这种案子，你不知道吗？有专门的检察官处理未成年人事宜，你不知道吗？你应该遵守法律，而不是逃避法律！这里不是无法无天的美国西部！"

他喊得精疲力竭，终于停了下来。蒙塔巴诺只字不说。

"这还不是全部！不止呢！你把男孩交给自己副手的姐姐，好像他是什么物品一样！这是无情之人才做得出来的事，别人可能会把你告上法庭！现在再回过头来谈谈更麻烦的那件事。那个妓女有一本银行小册子，一本存放着五亿里拉的存折。不知什么时候，这本小册子落入了你的手中，然后就消失了！发生了什么事？你伙同多梅尼科·奥杰洛把钱分了吗？"

蒙塔巴诺慢慢地把手放到桌子上。然后，他上身慢慢地前倾，慢慢地把头伸进台灯的光锥里。博内蒂·阿德里奇害怕了。蒙塔巴诺的脸只有一半被光照亮，看起来像一个非洲面具——人祭之前戴的那种。局长可能也会想到，毕竟，西西里岛离非洲并不远，于是不禁打了个冷战。警长盯着他的眼睛，然后开始慢慢地说，声音很轻柔。

"让我们来一场男人之间的谈话。不提孩子，可以吗？孩子是奥杰洛的姐姐和她丈夫领养的，别把他卷进来。您说的那些烂事和恩怨，我一人承担，就我一个人，可以吗？"

局长没有回答。恐惧和愤怒让他不知所措。

"您同意吗？"蒙塔巴诺又问了一遍。

他的声音越低沉、越平稳、越缓慢，博内蒂·阿德里奇就越能感受到言语背后遏制着的波涛汹涌。

"我同意。"他最终答应了，声音极其微弱。

蒙塔巴诺从光亮中退了出来，站得笔直。

"局长，我能问问您是从哪儿得知这些信息的吗？"

蒙塔巴诺突然转变了音调，很正式，甚至略有逢迎之意。局长震惊极了，他本不打算说，但最后还是说了。

"有人写信给我。"

蒙塔巴诺立即明白了。

"一封匿名信，对吗？"

"是的，没有落款。"

"您应该为自己感到羞耻。"警长说道，然后转身向门口走去，对局长的叫喊声充耳不闻。

"蒙塔巴诺，你给我回来！"

他可不是言听计从的哈巴狗。他愤怒地扯下了脑袋上缠的绷带。在走廊里，他碰到了拉特斯。

他结结巴巴地说："我……想……局长在叫你。"

"我听到了。"

那一刻，拉特斯发现蒙塔巴诺不再缠着绷带了，他的头并没有受伤。

"你已经痊愈了？"

"难道你不知道局长会行神迹吗？"

※

开车回马里内拉的途中，他两手紧握方向盘。最奇妙的事情是，他恼的并不是写匿名信的人——这个人肯定是跟罗英格林·佩拉一伙的对头，只有这个人才能讲出弗朗索瓦母子的故事。他恼的甚至不是局长，而是他自己。他怎么会忘了那个存有五亿里拉的存折呢？他记得很清楚，自己把存折委托给了一个公证人朋友，让他好好保管，等弗朗索瓦长大后尽早交还给他。他还记得，在那之后十天左右，公证人给他寄了一张收据，不过他记不清楚了，也忘了自己把收据放哪儿了。最糟糕的是，他从来没有跟米米·奥杰洛或者他姐姐提到过存折的事。这意味着，虽然米米完全不知情，但还是可能会因为博内蒂·阿德里奇丰富的想象力而被叫去问话。事实上，他像基督一样无辜。

※

不到一个小时，他就把家里翻了个底朝天，家里就像被惯偷洗劫过一样。抽屉被完全从桌子里拉了出来，东西散落一地，旁边是半开的书，刚刚被粗暴地翻过。卧室的床头柜敞开着，衣柜和梳妆台也是，里面的东西都散落在床和椅子上。蒙塔巴诺不停地找着，他越来越相信，也许再过一百万年他也找不到自己要找的东西了。然后，就在他放弃希望的时候，在梳妆台底部抽屉里的一个盒子里，他找到了公证人寄给他的信封，抽屉里还放着他母亲的照片。她死得早，蒙塔巴诺还没记事她就去了。里面还有一张父亲的照片，以及自己收到的几封信，数量很少。蒙塔巴诺打开信封拿出文件，读了一遍又一遍，然后走出房子，上了车。他记得在维加塔最边上有一家烟草店，那里有台复印机。复印好文件后，他开车回了家，被自己乱翻过的房子吓到了。他开始四处找白纸和信封，一边找一边骂。找到以后，他坐在他的办公桌前写道：

尊敬的警察局长，

鉴于您喜欢收匿名信，我就不给这封信署名了。随函附上公证人朱利奥·卡伦蒂尼的收据副本，为警长萨尔沃·蒙塔巴诺洗清罪名。原件由物主收藏，如望查看，亦无不可。

亲签，您的朋友

　　他开车去邮局寄了挂号信并要求回执。然后，他俯身去开车门，结果整个人定住了。他的身体一阵痉挛，好像尖刀扎进了他背部的肌肉里一样，丝毫动弹不得，唯一能指望的就是奇迹发生，哪怕暂时止止痛也好。警长看到一个女人经过，脸色瞬间变得煞白。他看到了玛利亚斯特拉·科森迪诺，会计师加尔加诺的"圣火贞女"。看样子她是要去附近的熟食店，趁傍晚下班去买点儿食品杂货。看见玛利亚斯特拉·科森迪诺后，他的脑海里涌现出一个令人恐惧的念头，随后是一个更加令人寒心的问题：如果公证人不巧拿了弗朗索瓦的钱去投资加尔加诺的公司怎么办？如果是这样，那些钱现在早已人间蒸发，不仅孩子永远不会看到他母亲一毛钱的财产，而且刚刚给局长寄出一封嘲弄信的自己还要费上一番口舌解释这笔钱为什么会消失。他可能会说，自己与这笔钱的消失无关，但局长永远不会相信他。至少局长会认为，警长与公证人合谋瓜分了孤儿的五亿里拉。

　　他醒过神来，打开车门，加速开往公证人卡伦蒂尼的办公室，像警察和野蛮人常常做的那样，让轮胎发出刺耳的声音。他在公证处的楼里走了两层，累得上气不接下气，到的时候却发现门关着，上面有一块小标牌，写着办公时间。现在已经下班一个小时了，但里面没准儿还有人。他按了门铃，也敲了门，不过只是心存侥幸而已。门一开，他便猛地冲了进去，跟坎塔雷拉一股劲头。来到门前的女孩吓得往后一跳。

"你，你想干什么？请……请不要伤害我。"

她被吓得脸色惨白，显然是觉得面前站着一名强盗。

"抱歉把你吓到了。"蒙塔巴诺说，"我不会伤害你的。我叫蒙塔巴诺。"

"哦，我太蠢了。"女孩说，"我想起来了，我在电视上看过您一次。请进来吧。"

"卡伦蒂尼先生在这里吗？"警长问道，跟随她进了办公室。

"您没听说吗？"

"没听说什么？"蒙塔巴诺说道，感觉更紧张了。

"可怜的卡伦蒂尼。"

"他死了吗？"蒙塔巴诺怒吼着，好像她刚刚告诉他的是他爱人的死讯一样。

女孩看着他，有点儿惊讶。

"不，他没有死。他中风了，正在康复中。"

"他能说话吗？还记事吗？"

"当然。"

"我怎么跟他说话？"

"现在？"

"现在。"

女孩看了看表。

"也许还有时间。他在蒙特鲁萨的圣玛丽亚医院。"

她走进一间房间，里面都是零散或订好的文件、档案袋和文件夹，她拨通了一个号码并请对方转接到一一四房间。然后她说：

"朱利奥……"但她停了一下。众所周知，公证人身边从来都没有缺过漂亮女人。打电话的这位妙龄女郎三十多岁，身材高挑，黑发及背，还有一双大长腿。

"卡伦蒂尼先生，"她继续说，"蒙塔巴诺警长在办公室，他现在想和你谈谈，好吗？咱们随后再聊。"

她把电话交给蒙塔巴诺，小心翼翼地离开了房间。

"您好，是卡伦蒂尼先生吗？我是蒙塔巴诺。我只是想向您了解一点情况。您还记得，几年前，我把一本五亿里拉的存折交给过您……哦，所以您记得吗？我担心您可能拿这笔钱投资了加尔加诺先生的公司，所以……我不是要冒犯您……我不是有意的……希望您理解，我……好吧，对不起，很抱歉。祝早日康复。"

他挂断了电话。一提到加尔加诺的名字就得罪了公证人。

"你认为我会蠢到相信加尔加诺那样的骗子吗？"公证人说。

弗朗索瓦的钱是安全的。

不过，开车回局里的时候，蒙塔巴诺发誓绝饶不了加尔加诺这家伙，害得自己担惊受怕。

# 4

　　但他没有回警局，路上，他觉得自己这一天过得太辛苦，理应给自己一点儿奖励。他依稀记得有人说过，几个月前新开的一家餐厅的菜品还不错。餐厅距离蒙特鲁萨大约只有十公里，在下了省道去贾尔迪那的路上。他连名字都记得，叫"马车夫吉奥餐厅"。他尝试了四次都没有找到正确的路，那一刻，他决定去圣卡罗杰诺餐馆吃饭，因为肚子越来越饿了。但就在这时，车的前大灯照亮了吉奥餐厅的招牌，是一个挂在电线杆上的手绘木雕。他又在土路上行驶了五分钟，一路上全是坑和石子。到了之后，他有那么一瞬间觉得自己受骗了：吉奥肯定不是马车夫，倒像是个越野拉力车手。

　　看到这座远离人烟的小白房子，他感到更疑惑了。房子只是简单地粉刷过，没有霓虹灯，一楼只有一个房间，上面还有一间。昏暗的光从一楼的窗户透出来。这肯定是一场骗局。停车场有两辆车。他走出停车场，犹豫不决。他不想让这个夜晚以食物中毒结束。他试图记起是谁向他推荐的这个餐厅，最后他想起来了：副警官林特，父母都是瑞士人（"和巧克力有什么关系吗？"两人刚认识的时候，他这么问道）。林特六个月前还在博尔扎诺工作。

"那家伙可能根本分辨不出鸡和三文鱼！"他自言自语道。

但在那一刻，轻柔的晚风飘来，一阵香气扑鼻而来，这是真正的美味佳肴，就像上帝赠予的美食。他的疑虑被打消了，于是打开门走了进去。房间里有八张小桌子，其中一张被一对中年夫妇占了。他坐到了门边第一张桌子旁。

"很抱歉，这桌有人预订了。"兼任侍者的老板说道。他是一个秃顶的男人，六十来岁，身材高大，大腹便便，留着八字胡。

听了老板的话，警长站了起来。当他正要坐到旁边的座位上时，留着胡子的男人又说话了。

"那张也被预订了。"

蒙塔巴诺有点儿生气了。这家伙是在和他开玩笑吗？他想打架吗？

"那些都被预订了。如果你愿意的话，可以坐在这里。"侍者老板看着顾客困惑的眼神说道。

他指着厨房附近一个小小的餐具柜，里面装满了各种餐具，包括玻璃杯和碗碟。通过厨房的门传来阵阵香气，菜还没上就先过了鼻子的瘾。

"太好了。"警长说。

他感觉自己仿佛坐在当年教室的角落里，连墙都是一样的。要想看看房间，他不得不坐在椅子的一边，向后扭着脖子。但这房间到底有什么好看的？

"如果你觉得可以的话，我们今晚做'火烧粗面'。"留八字胡的男人说。

粗面，蒙塔巴诺很熟悉，不过，"火烧"是什么意思？他不想顺着八字胡的意思咨询做法，于是只问了一句：

"你说'如果我觉得可以的话'是什么意思？"

"我说了，'如果你觉得可以的话'。"他回答说。

"哦，我觉得可以，你不用担心。"

男人耸耸肩，消失在厨房里。

几分钟后，他回来了，开始盯着警长。房间里的另一对夫妇叫他过去买单。八字胡拿了账单过去，夫妇付款后离开了餐厅，没有说再见。

看来，"你好"和"再见"不是这里的规矩。蒙塔巴诺记得，自己进来的时候没有人说"你好"。

八字胡从厨房走出来，姿势和之前完全一样。

"饭菜五分钟之后就好。"他说，"等菜的时候要不要看电视？"

"不用。"

最后，一个女人的声音从厨房里传来。

"吉奥！"

粗面做好了，闻起来妙极了。八字胡靠门框站着，仿佛要见证这一美味时刻。

蒙塔巴诺决定让香气一直透到肺底。

他贪婪地吸着，这时，八字胡说话了。

"开吃之前要来一瓶葡萄酒吗？"

警长点了点头。他不太喜欢说话。

餐厅老板给他拿来了一升高度红葡萄酒。蒙塔巴诺倒了一杯，然后尝了一口粗面。他哽咽了，咳嗽起来，眼泪夺眶而出。他觉得自己的味蕾已经烧起来了。他一口饮尽，没有问是什么酒。

侍者兼老板说："慢用。"

"里面有什么？"蒙塔巴诺问道，依然哽咽着。

"橄榄油、半个洋葱、两瓣大蒜、凤尾鱼泥、一茶匙细酸豆、黑橄榄、番茄、罗勒、半个灯笼椒、盐、佩科里诺干酪和黑胡椒。"男人说着配料，听起来像一个虐待狂。

"我的天。"蒙塔巴诺说，"谁在厨房？"

"我老婆。"八字胡说，准备去门口迎接三位新顾客。

他喝下一大口葡萄酒，极端痛苦的呻吟和难以置信的乐趣交替出现（有"极端烹饪"这种说法吗？就像"极端性行为"

这样的。他此刻特别好奇），蒙塔巴诺甚至还鼓起勇气用面包去蘸碗底的调味汁，时不时擦去额头的汗珠。

"先生，第二道菜想要什么？"

警长明白，"先生"这个词是颁发给他的荣誉勋章。

"不需要了。"

"你是对的。吃完火烧粗面，你的味蕾要到第二天才能恢复。"

蒙塔巴诺买单后起身朝门口走去，按照店里的风俗，他没有说再见。

就在出口的旁边，他看到了一张大照片，下面写着："如有人提供此人消息，重奖一百万里拉。"

"他是谁？"他转向八字胡问道。

"你不认识他？他是该死的会计师埃马努埃莱·加尔加诺。这个男的……"

"你为什么想要他的消息？"

"这样我就可以抓住他，然后割断他的喉咙。"

"他对你做了什么？"

"他没对我做什么。但他骗走了我妻子三千万里拉。"

"告诉夫人，她的仇会报的。"警长庄严地说，把手放在胸前。

他意识到自己完全喝醉了。

※

天空中的月亮有些吓人，看起来像白天一样。蒙塔巴诺慢慢地开着车，还觉得自己能控制好车呢。车一路上尖叫着跑出了一条曲线，车速一会儿下降到时速十公里，一会儿上升到时速一百公里。在蒙特鲁萨和维加塔的中途，他看到了一个广告牌，后面有一条隐蔽的小路，通向一间破旧的小屋，旁边种着一棵橄榄树。仅仅三公里的路程，他就有两次差点儿撞上了对面开来的车。于是，他决定转向这条小路，坐到树下，让酒劲儿慢慢退去，他有近一年没去过那儿了。

上了小路之后，他立刻觉得自己犯了一个错误：狭窄的乡间小路怎么成了宽阔的柏油路？也许他把广告牌弄混了。他掉转车头，却撞上了牌子支架，广告牌摇摇欲坠。牌子上写道：费拉古托家具——蒙特鲁萨。没错，就是这个牌子。他开车往回走，走了大约一百米后，他发现自己正站在刚建成的一栋小别墅门前。乡村小屋不见了，橄榄树也不见了。他迷失了方向。熟悉的风景全都不见了。

一升葡萄酒，无论有多烈都不至于让他变成这样啊。他从车上走下来，小便的时候不停地转过头去看看周围。月光很明亮，视野很清晰，但他看到的一切都是那么陌生。他从后备厢里拿出手电筒，然后到周围走了走。房子已经建好了，但显然还没有人居住——窗玻璃上仍贴着保护胶带。围墙内的花园相当大。凉亭正在建造中，他可以看到附近的一堆工具——铲、镐、水泥槽。到了房后，他偶然发现了一片灌木丛。为了看得更清楚，他一直拿手电筒照着，大声呼喊着。他看到了死亡，或者说，通向死亡的大门。粗大的橄榄树躺在他面前，奄奄一息。它被砍倒了，连根系都被刨了出来。他们用电锯切断了树枝，树干上的斧斫痕迹很深。树叶枯萎了。蒙塔巴诺感到很困惑，他意识到自己在哭泣，不断吸着流出的鼻涕，就像小孩子一样。他伸出手，把手放在一道特别宽的划口上。在他的手掌下，他仍然可以感觉到轻微的潮湿；汁液一点一点地渗出，像一个人慢慢流血而死。他从伤口上举起手，扯下几片仍然在抵抗的叶子。他把树叶放到口袋里。一种清晰、可控的愤怒使他流下泪来。

他回到车里，脱下夹克，把手电筒放进裤兜里，打开远光灯，面对铸铁门，像猴子一样爬了上去。酒劲儿无疑还在。他纵身跃进了一个花园，四周都是砾石小路，每十米左右就有一个石雕长凳。花园里有花盆和花坛，还有带柱顶的石柱，很明显是从菲亚卡运过来的。再就是复杂的现代烤炉，怎么少得了它呢？他朝着未完工的凉亭走去，到处翻寻工具。最终，他选择了一把大锤，然后开始砸一楼的窗户。房子每侧都有两扇窗户。

砸碎了六扇窗户后，他在拐角处看到一群一动不动的彩色假人。天哪，那是什么？他从口袋里拿出手电筒，把它打开。是八件雕塑，临时堆在一块的，之后应该会根据房主的偏好被摆到各处。白雪公主和七个小矮人。

"等等，我马上回来。"蒙塔巴诺对它们说。

他砸碎了剩下的两扇窗户，然后将大锤在他的头顶上旋转着，如同疯狂的奥兰多挥舞长剑一般，肆意砸在雕塑上。

在大约十分钟的时间里，白雪公主、万事通、害羞鬼、瞌睡虫、鼻涕精、开心果、糊涂蛋、爱生气——管它们叫什么呢——都变成了一堆彩色碎片垃圾。但是，蒙塔巴诺还不满意。在未建成的凉亭附近，他发现了一些罐装喷漆。于是，他拿起绿色喷漆，用大写字母写了四遍"混蛋"这个词，房子每侧墙面各一个。之后，他重新来到前门，回到车里，开车回到了马里内拉的家里。现在，他感觉自己完全清醒了。

※

在家中，他花了半个晚上才把找收据时弄的一片狼藉收拾得井井有条。其实本来不用花那么长时间，不过，抽屉翻出来时总会发现许多古老的、被遗忘的文件，其中一些让你不得不（几乎是用强力逼着）看一看，于是便不可避免地陷入深处记忆的旋涡，那些你年复一年努力想忘掉的事情，现在重新浮上心头。这是一场邪恶的游戏，一场几乎不可能赢的游戏。

他凌晨三点左右才睡下。但是，在他至少起床三次去喝水后，他决定把一个大水罐带入卧室，放在床头柜上。结果，到了七点钟，他的肚子里似乎充满了水。这是一个多云的早晨，更催生了尿意，现在，他的膀胱已经高水位报警了。偏偏这时，电话响了。他拿起电话。

"不要又催我上班，坎塔。"

"我不是那个人，先生，是我。"

"你是谁？"

"您不认识我吗，先生？我是阿德莉娜。"

"阿德莉娜，怎么了？"

"先生，我想告诉您，我今天不能过去了。"

"没关系。"

"我明天和后天都不能过去了。"

"怎么了？"

"我儿媳妇腹痛去医院了，我得照顾她的孩子。他们有四个孩子，最大的十岁，比他们的爸爸还要淘气。"

"没关系，阿德莉娜，别担心。"

挂上电话，他走进浴室，抱起堆成了小山的脏衣服——包括利维娅给他的毛衣，上面还沾满沙子——扔进了洗衣机。由于找不到干净的衬衫，他穿上了前一天穿过的衬衫。他想到自己至少有三顿午餐、三顿晚餐要在外面吃。但这次，他暗暗发誓，一定要抵制诱惑，只去圣卡罗杰诺餐馆。然而，多亏了阿德莉娜的电话，他的坏情绪已经全部释放，因为他突然意识到自己没能力照料自己或自己的房子了。

※

警局似乎一片沉寂。坎塔雷拉甚至没有注意到他的到来。他正在打电话，那过程一定相当难受，因为他会时不时地用袖子擦擦额头。在坎塔的桌子上，警长发现了一张纸，上面有两个名字——贾科摩·佩莱格里诺和米歇尔·曼格纳洛，还有两个电话号码。他认出了米米的笔迹，马上想到那是迈达斯国王联合公司员工的名字。当然，还有玛利亚斯特拉·科森迪诺。然而，米米没有写上他们的住址。警长更喜欢与人面对面交谈。

"米米。"他喊道。

没有人来。那个家伙可能还在床上，或者正喝着第一杯咖啡。

"法齐奥！"

法齐奥立刻出现了。

"奥杰洛在吗？"

"长官，他今天不来，明天和后天也不来。"

怎么？米米也像保姆阿德莉娜那样需要看孙子吗？

"为什么不来呢？"

"长官,您说'为什么不来'是什么意思呢？您忘记了吗？他的婚假从今天开始。"

警长完全把这事儿忘了。在某种意义上，由于一些难以启齿的原因，正是他介绍米米和他妻子认识的。她叫比阿特丽斯，一个善良漂亮的女孩。

"他什么时候结婚？"

"五天之后。别忘了，您可是证婚人啊。"

"我不会忘记的。你现在忙吗？"

"我只有一点儿时间。外面有个叫贾科摩·佩莱格里诺的人，他报案说有人破坏了他刚刚建好的别墅。"

"什么时候的事？"

"昨晚。"

"好的，处理好以后回来。"

所以，蒙塔巴诺是破坏者。在警察局听到那样的描述，他感到有点儿惭愧。但是，他怎么纠正它呢？他总不能走到法齐奥的房间，说："听着，佩莱格里诺先生，我很抱歉，我就是那个……"

他停了下来。刚才法齐奥说贾科摩·佩莱格里诺。米米在纸上写下的名字之一，还有电话号码。他很快便记起了佩莱格里诺的电话号码，然后走进了法齐奥的办公室。

法齐奥正在写东西，瞟了蒙塔巴诺一眼。他们几乎不看对方，但都明白对方想要什么。法齐奥不停地写着。米米怎么说的来着？贾科摩·佩莱格里诺是个年轻人，商业经济学毕业；而坐在法齐奥办公桌前的那个男人看起来像个牧羊人，至少已经六十岁了。法齐奥写完之后，佩莱格里诺有些费力地签上了名字。商业经济学，我的眼睛。米米肯定小学没毕业。警长心想。法齐奥把报告从佩莱格里诺手里拿回来，这时，警长插话了。

"你留下电话号码了吗？"蒙塔巴诺问。

"没有。"那个男人说。

"最好留一下。你电话是多少？"

那个人口述，法齐奥记了下来。号码不一样，像是蒙泰雷亚莱地区的。

"你是从这儿附近过来的吗，佩莱格里诺先生？"

"不，我在蒙泰雷亚莱有一处房子。"

"你为什么要在维加塔和蒙特鲁萨之间建一所房子呢？"

他刚说出口就立刻意识到了自己的失误——法齐奥并没有告诉他别墅在哪儿。法齐奥开始仔细地打量警长，眼睛眯成了一条小缝。但佩莱格里诺似乎并没有觉得惊讶，他可能觉得法齐奥被叫出房间时，两人已经讨论过了。

"那房子不是我的，是我侄子的，我哥哥的孩子。他和我同名。"

"啊！"蒙塔巴诺说，假装很惊讶，"现在我明白了。你侄子在迈达斯国王联合公司工作，对吗？"

"是的，就是他。"

"抱歉，为什么是你而不是你的侄子来报告案情？谁是房子的主人？"

"佩莱格里诺先生有授权书。"法齐奥插了一句，"我猜你的侄子工作太忙了，不能照看……"

"不。"那个男人说，"我来告诉你发生了什么事。大约一个月前，在一天早上，该死的加尔加诺本来说是那个时候会来。"

"什么，他也拿走了你的钱？"

"是的，警长，他拿走了我所有的钱。在这之前的那天上午，我的侄子来到蒙泰雷亚莱，告诉我加尔加诺打电话给他，叫他去德国做生意。他的飞机下午四点从巴勒莫起飞。我侄子告诉我，他要离开至少一个月，让我帮忙照看一下他的房子。他现在应该快回来了。"

"那么，如果我需要找他谈谈，我在维加塔找不到他，是吗？"

"是的，警长。"

"你有你侄子在德国的地址或电话号码吗？"

"你在开玩笑吗？"

## 5

为什么自从测绘师加祖洛拿着左轮手枪进入迈达斯国王联合公司维加塔办事处并威胁要大开杀戒之后，警长遇到的人和事就都跟加尔加诺脱不开干系呢？他思考着这一连串的巧合，这些只会发生在二流侦探小说或者最平淡的日常生活中的巧合。这时，法齐奥走了进来。

"随时候命，长官。但请先跟我解释一件事。您怎么知道佩莱格里诺的别墅在哪里？我从未告诉过您。出于好奇，您能告诉我吗？"

"不能。"

法齐奥摊了摊手。

警长觉得还是小心点儿好。和法齐奥在一起，最好谨慎一些。那家伙是个真正的警察。

"我还知道他们打破了一楼所有的窗户，把白雪公主和七个小矮人全都砸烂并在四面墙上写了'混蛋'二字。"警长补充说，"我说得对吗？"

"您说得对。他们使用了一把大锤,还有一罐绿色喷漆。"

"好极了。你怎么解释?我会通灵吗?会看水晶球?会作法吗?"蒙塔巴诺问道,每问一个问题,愤怒就多加一分。

"没有,长官。可您也没必要生气啊。"

"我当然会生气!今天早上,我开车经过那里,本想看看橄榄树长得怎么样了。"

"长得好吗?"法齐奥带着一丝讽刺问道。他知道那棵树,也知道码头旁边的石头。他上司时常会一个人去这两个地方待着。

"树不见了。他们把它砍了,好为房子腾出地方。"

法齐奥严肃起来,好像蒙塔巴诺刚刚告诉自己,他最亲爱的人去世了。

"我明白了。"他轻声说。

"你明白什么了?"

"没什么。有什么吩咐吗?"

"有。既然我们知道了贾科摩·佩莱格里诺正在德国快活,我想让你找到另外一个为加尔加诺工作的人,米歇尔·曼格纳洛——管她小姐还是夫人——的地址。"

"我待会儿就办。我能去布鲁凯尔给您买一件新衬衫吗?"

"好的,谢谢,三件。你是怎么猜到我需要衬衫的?你才是会作法、懂通灵的人！"

"用不着通灵，长官。我发现您今天早上没有换衬衫，但您真的该换了，一个袖口染上了油漆，是绿漆。"他微笑着强调了一下，出去了。

※

米歇尔·曼格纳洛小姐和她的父母住在墓地附近的一座十层公寓楼里。蒙塔巴诺觉得最好不要提前打电话或者按对讲机。他刚停好车便看到一个男人从正门走出来。

"打扰一下，你能告诉我曼格纳洛家住在几楼吗？"

"该死的，住在五楼！"

"你和曼格纳洛家有什么不对付吗？"

"一个礼拜了，电梯就升到五层。我住十层！之后都得自己爬，每天两次！他们全家都走狗屎运，曼格纳洛一家。想想吧，几年前，他们居然还中了彩票呢！"

"他们赚了很多吗？"

"只赚了一些小钱。想想他们那副得意的样子！"

蒙塔巴诺进入电梯，按下五楼的按钮。电梯升到三楼停了下来。他又按了一下按钮，但电梯还是不动，他被迫爬了两层楼梯。他安慰自己，至少他还享用了三层电梯呢。

"谁呀？"一个老妇人的声音从门后传出来。

"蒙塔巴诺。我是警察。"

"你找我们有什么事吗？"

"我需要和你女儿米歇尔谈谈。她在家吗？"

"在家，但她得了流感，在床上躺着。等一下，我叫一下我老公。"

随后的一声呐喊瞬间惊呆了蒙塔巴诺。

"快来！这里有个人说他是警察！"

显然，他并没有成功说服这位夫人，光听那个"说"字就能判断出来。

那个女人依然没有开门，她说：

"大点儿声说话，我丈夫聋了！"

"是谁？"这次是一个男人的声音，听起来很愤怒。

"是警察，快开门！"警长大声叫嚷道。但是，曼格纳洛家的门还是紧紧地关着。

楼层上的另外两扇门打开了，两位看客一人守着一扇门。一个大约十岁的小女孩正在吃早点，另一个约五十岁的男人穿着无袖的汗衫，左眼上贴着一块纱布。

"大声说话，曼格纳洛是聋子。"穿汗衫的男人好心提醒道。

再大点声吗？他做了几次呼吸练习来换气。他看过一个潜水冠军这样做，为了憋更多的气。他运足中气，大喊道：

"警察！"

他听到楼上和楼下的门同时打开，激动的声音响了起来：

"发生什么事了？"

曼格纳洛家的门非常缓慢地打开了，然后出现了一只鹦鹉长相的人——至少给警长的第一印象是这样：长长的黄鼻子、紫色的脸颊、大大的黑眼睛，身上穿着绿色的衬衫，头上有一小撮红色的头发。

鹦鹉咕哝着说："进来吧！请保持安静，我女儿睡着了。她身体不太舒服。"

起居室是瑞典风格的，丝毫没有热带风情。站在阳台上的是曼格纳洛先生的孪生兄弟。它是一只诚实的鸟，没有把自己伪装成人的样子。曼格纳洛的妻子像一只受伤的麻雀，左腿瘸着，可能是被弹弓打断了吧？不知是无心还是有意。她端着咖啡，颤颤巍巍地走进房间。

"加好糖了。"她说，然后舒适地坐到小沙发上。

很明显，好奇心正在折磨着她。她平常大概没有多少机会能听到新鲜事，于是决定抓住这次机会。

看到此情此景，蒙塔巴诺心想，一只鹦鹉和一只麻雀会生出什么样的鸟呢？

"我跟米歇尔讲了，她马上就来。"麻雀说。

但是，她是如何发出刚刚叫丈夫那种声音的？蒙塔巴诺很好奇。然后，他想起来，自己在一本旅行书中读过，有一种鸟，长得很小，但叫声却像警笛一样。这位夫人一定是那种鸟。

咖啡加了太多糖，警长的嘴变得黏黏的。

首先说话的是伪装成人形的鹦鹉。

"我知道你为什么想和我女儿谈。因为该死的加尔加诺，对不对？"

"是的。"蒙塔巴诺喊道，"你也是加尔加诺的受害者吗？"

"不！"那个男人说，猛地把右臂向前推，把左手拍向肘窝处。

"说呀！"他妻子使用第二种嗓音斥责他，像最后的审判似的。

窗玻璃发出了叮当叮当的噪音。

"你认为菲利普·曼格纳洛会那么蠢，被加尔加诺的小把戏骗了吗？要知道，我压根儿不想让女儿去为那个骗子工作！"

"你之前认识加尔加诺吗？"

"不认识，我也用不着认识，他们都是骗子。银行、银行家、股票专家，所有和钱打交道的人都是骗子。这些人帮不了我们，事情就是这样。如果需要的话，我可以跟你好好讲讲。你读过马克思写的《资本论》吗？"

"读过一部分。"蒙塔巴诺说，"你是共产党人吗？"

"说对了，图里！"

警长不明白他在说什么，目瞪口呆地看着他。谁是图里？过了一会儿，他发现男人的双胞胎兄弟，也就是那只真正的鹦鹉叫图里。他清了清嗓子，唱起了《国际歌》，唱得好极了，蒙塔巴诺都开始想起小时候了。他正要开口赞美鹦鹉，米歇尔出现在了门口。看到她，蒙塔巴诺大吃一惊。他最不想见到的就是这种深褐色头发的女人。她身材健壮，有着一双紫色的眼睛，充满活力。但由于得了流感，她的鼻子有点儿红。她穿着超短裙，大腿处有一点儿赘肉，但还是漂亮极了。她穿着白色衬衫，没有穿胸罩，乳房非常丰满，把衬衣撑得很紧。他的脑海里迅速闪过一个邪恶的想法，像毒蛇飞快地穿过草地——毫无疑问，英俊的加尔加诺必定对这位女孩垂涎有加，没准儿已经得手了。

"好的，我现在有空了。"

有空？她用深沉、略带沙哑的声音说，玛琳·黛德丽的风格。那声音如此热辣销魂，使得蒙塔巴诺忍不住想像《蓝色天使》里的教授那样大声叫嚷。女孩坐了下来，把裙子尽可能地往膝盖处拉，看上去很端庄。她眼睛低垂着，一只手搁在腿上，另一只手放在扶手上，像一个淳朴劳动家庭的安分女孩。警长恢复了说话的能力。

"很抱歉，让你起床。"

"别担心。"

"我来是想问你一些事，关于加尔加诺和你以前供职的公司。"

"问吧。但你应该知道，你们的人已经询问过了。奥杰洛警官，如果我没记错的话。坦白地说，我觉得他似乎对其他事情更感兴趣。"

"其他事情？"

他刚问就后悔了。他明白她的意思。他在脑海里想象着这样一幅场景：米米不停地问问题，同时轻轻脱去她的上衣、胸罩（如果那天她穿了的话）、短裙和内裤。面对这样一个美丽的女孩，米米实在无法抗拒。他想到了米米未来的妻子比阿特丽斯，这个可怜的女人要吞下多少苦水啊。

女孩没有回答，她知道警长已经明白了。她笑了。更确切地说，和陌生人在一起，最恰当的姿势就是低头微笑。鹦鹉和麻雀满意地看着他们的孩子。

这时，女孩抬起紫色的眼眸，看着蒙塔巴诺，好像在等待他发问。但她没说一句话，就清晰无误地传达了一个信息：

别在这里浪费时间了，我不能说，在楼下等我。

收到消息，蒙塔巴诺用眼神示意了一下。

警长决定不再浪费时间了。他装出一副很惊讶的样子。

"他真的都询问过你了吗？有笔录吗？"

"当然。"

"但是为什么我什么也没有看到？"

"不要问我，问奥杰洛警官。他不仅自以为是，还有点儿神志不清。他要结婚了。"

然后，她递来了一个眼神。他感到很惊讶。当着父母的面，她用了"自以为是"来替代"混蛋"，其中颇有深意，简直有文学评论的味道。可以肯定，女孩肯定被他"占了便宜"（老话是这么讲的吧）。米米跟她睡了，然后跟她说自己要结婚了，之后火速分手。

他站了起来。其他人也都站了起来。

"非常抱歉。"他说。

他们都很善解人意。

鹦鹉说："人生啊。"

他们排成一列，女孩在最前面，警长紧随其后，然后是女孩的父亲，母亲在他身后。看着他们排好了队，蒙塔巴诺嫉妒起了米米。打开门后，女孩把手伸向他。

"很高兴见到你。"她说。

但她的眼睛在说：等我。

※

他等了半个多小时，米歇尔需要精心打扮一番，遮住可爱的小鼻子周围发红的地方。蒙塔巴诺看见她站在门口环顾四周，于是便按了一下喇叭，打开了车门。

女孩朝汽车走来，态度冷漠，步伐稳健。她迅速上了车，关上门，说：

"我们离开这里。"

蒙塔巴诺在那一刻才注意到米歇尔忘了穿胸罩。他发动汽车离开了。

"我刚才和父母吵了一架。他们不想让我出来，因为他们担心我故态重萌。"女孩说。然后，她问道："我们去哪里谈？"

"你想去警察局吗？"

"遇到那个混蛋怎么办？"

蒙塔巴诺想象中最坏的（也许是最好的？）情况坐实了。

"不管怎么说，我不喜欢警察局。"米歇尔说。

"咖啡馆怎么样？"

"真的吗？关于我的流言蜚语太多了。不过，和你在一起，我觉得应该不会有那样的危险。"

"为什么没有危险呢？"

"因为你的年纪都可以做我父亲了。"

还不如直接说出来，让他好受些。

汽车轻轻转了个弯。

"真是数也数不清。"女孩评论道。说丧气话往往能让老色鬼知难而退，但这也要看怎么说。

然后，她反复用一种深沉沙哑的声音说：

"你都可以做我的父亲了。"

她的话语里满溢着乱伦禁忌的味道。

蒙塔巴诺不禁想象她躺在自己旁边，赤身裸体，汗流浃背，气喘吁吁。这个女孩很危险。不只是美丽，还是个婊子。

"那我们去哪里？"他威严地问道。

"你住在哪里？"

"我家有人。"

"结婚了吗？"

"没有。快点儿，你想好了吗？"

"我知道一个地方。"米歇尔说，"走右边的第二条路。"

警长迅速转向右边的第二条道路。这是一条小路，一开上去你就知道终点在哪里：开阔荒野。迹象很多：房屋越来越小，最后看起来像是周围有一圈绿草的骰子；路边的电线杆和路灯柱也渐渐消失了；到后来，连路面上都长草了；最后，甚至连白色的骰子也消失了。

"我该继续走吗？"

"是的。你很快就会在左侧看到一条土路。不过别担心车，路面维护得很好。"

蒙塔巴诺拐上道路，很快便发现自己身处智利南美杉和丛生的杂草之中。

"今天没有人到这里来。"女孩说，"因为是工作日。你应该知道周六日的交通有多拥挤！"

"你经常来这儿吗？"

"有空就来。"

蒙塔巴诺摇下车窗，拿出一包香烟。

"你介意吗？"

"不，也给我一根。"

他们默默地抽着烟。抽到一半，警长开始提问了。

"我想知道加尔加诺的系统是如何运转的。"

"你问得再具体一点。"

"你们把加尔加诺骗来的钱存到哪里去了？"

"好吧。有时是加尔加诺，有时是我或者玛利亚斯特拉或者贾科摩带着支票把钱存在当地分行。当客户直接来到办公室时，我们也会这样做。过了一段时间后，加尔加诺开始把款项划入他在博洛尼亚的账户。但是，据我们所知，钱在那里也没停留多久。显然，它最终会被存到瑞士和列支敦士登这样的地方。具体情况我就不知道了。"

"他为什么把钱存到那儿？"

"这是什么问题！因为他在投资，所以会赚更多的钱。至少我们是这么想的。"

"你现在怎么想？"

"他把所有现金都转移到海外，等时机到了就可以卷钱跑路。"

"你也……"

"被他骗了吗？不，我从来没给过他一分钱。即使我想给也做不到。你见过我爸爸。不过，他确实拖欠了我们两个月的工资。"

"你介意我问你一个私人问题吗？"

"问吧！"

"加尔加诺有没有企图和你上床？"

米歇尔突然大笑起来，控制不住地大笑，她紫色的眼睛里闪烁着泪光，变得更加明亮。蒙塔巴诺看着她大笑不止，好奇是什么地方把她逗乐了。然后，米歇尔控制住了自己。

"他追求过我。但他也追求过可怜的玛利亚斯特拉，她非常嫉妒我。你知道的，巧克力、鲜花，类似的东西……但是如果我告诉他，我想和他上床，你知道会发生什么事吗？"

"不知道，告诉我。"

"他会晕倒的。加尔加诺是同性恋。"

# 6

　　警长感到十分震惊。他可从未往这方面想过。震惊过后，他想，加尔加诺是同性恋和案件调查会不会有什么联系？或许有，或许没有。米米从来没有和他提起过相关的事情。

　　"你确定？他亲口说的？"

　　"非常确定，虽然他从未和我说过。我在我们第一次互相看着对方的那一刻就知道了。"

　　"那你有没有向奥杰洛警官指出这个事实，或者这个你所认为的事实？"

　　"奥杰洛问过我一些问题，但是，从他的目光里就能看出来，他还有弦外之音。说实话，我真的忘了有没有和那个混蛋提过这件事。"

　　"不好意思，请问你为什么那么讨厌奥杰洛？"

　　"嗯，警长，要知道，我爱奥杰洛，我们一起睡过。但是，那次我准备离开他家时，他用一条毛巾盖着私处说他已经订婚了，而且马上就要结婚了。他太不是东西了，是个孬种，我真后悔跟他睡过。现在你知道了，我想忘掉他。"

"科森迪诺女士是否知道加尔加诺是……"

"警长，就算加尔加诺有一天变成像卡夫卡笔下的甲虫那样的怪物，科森迪诺女士还是会不顾一切地崇拜他、爱着他。不管怎样，我觉得可怜的玛利亚斯特拉·科森迪诺根本分不清公鸡和母鸡。"

米歇尔·曼格纳洛内心一定惊讶极了，以至于把《变形记》都搬出来了

"你喜欢他吗？"

"谁？加尔加诺？"

"不，卡夫卡。"

"对，卡夫卡的书我全读过，从《审判》到《致密伦娜情书》。我们是在讨论文学吗？"

蒙塔巴诺没有理会这句话。

"那么，贾科摩·佩莱格里诺知道这件事吗？"

"当然，他早就知道，也许比我知道得还要早，因为他自己也是同性恋。我知道接下来你会问什么，我可以告诉你，我跟奥杰洛说过这件事。"

他也知道了？他能理解吗？警长想要一个肯定的答案。

"他也知道了？"

问题脱口而出，语调中带着西西里岛式的幽默，半是惊奇，

半是生气。他立即感到很尴尬，他可不想表现出尴尬。

"他也知道了。"米歇尔的话没有任何抑扬顿挫。

"有可能。"蒙塔巴诺谨慎地说道，谨慎得像是走在地雷阵上。"我就是瞎猜啊。我应该指出……也许贾科摩和加尔加诺有关系，这种关系有点儿……"

"你为什么这样讲？"这个女孩瞪大了紫罗兰般漂亮的眼睛。

"抱歉。"警长说，"我有点儿疑惑。我是想说……"

"我很清楚你要说什么。或许有，或许没有。"

"你还读过这本书？"

"没有，我不喜欢邓南遮。不过，要我说的话，就像你说的，瞎猜一下，我偏向'有关系'。"

"为什么？"

"我觉得，他们两个早就有一腿了。他们有时会站到一边悄悄说些什么。"

"可那说明不了什么，他们也许在谈公事。"

"谈公事需要用那种眼神看着彼此吗？好吧，那就是他们有时候'有关系'，有时候'没关系'。"

"我不懂你的意思。"

"要知道，情人之间总是这样。如果最近一次相处比较愉快，他们下一次遇到时就会微笑着看着彼此，卿卿我我；

如果没那么愉快，比如说发生了争吵，那么再遇到时就会比较冷漠，避免和对方走到一起，也会避免目光接触。加尔加诺每次去维加塔至少会待上一个星期，所以他们之间时冷时热，我就很难注意到这些了。"

"你知道他们约在哪里见面吗？"

"不知道。加尔加诺形迹诡秘，贾科摩也神神秘秘的。"

"那么，加尔加诺消失后，你收到过他的消息吗？他有通过写信或打电话等方式联系过你吗？"

"这些你不应该问我，而应该问玛利亚斯特拉。她是唯一留在公司里的人。我知道可能会有恼怒的客户报复我，所以再也没有回过公司。我们三个人里，贾科摩最聪明。那天早上，加尔加诺没来上班，他也再也没有出现。他一定知道了些什么。"

"知道什么？"

"知道加尔加诺已经卷钱私逃了。警长，你知道的，贾科摩是我们三个当中唯一清楚加尔加诺商业交易的人。他很有可能前一天去了银行，然后发现没有任何资金从博洛尼亚转移到维加塔。那个时候，他一定就意识到不对劲儿了，所以也消失了。我是这样想的。"

"不对。因为加尔加诺到的前一天，贾科摩已经出发去德国了。"

"真的吗？"这个女孩很是吃惊，"去做什么？"

"去完成加尔加诺交代的任务。他在那里至少要待一个月，处理一些事情。"

"谁告诉你的？"

"贾科摩的叔叔，就是负责照看别墅施工的那个人。"

"什么别墅？"米歇尔感到很疑惑。

"你难道不知道吗？贾科摩正在从维加塔到蒙特鲁萨的那条路边盖一栋别墅。"

米歇尔抱着头说："你在说什么啊？贾科摩每个月的工资只有二百二十万里拉，勉强够过日子而已。这一点我非常确定！"

"也许他父母……"

"他父母在维齐尼，靠在自家花园里种菊苣生活。警长，你刚刚说的根本讲不通。当然，加尔加诺确实经常派贾科摩去处理一些事，可都是对公业务，不是要紧事。我不相信加尔加诺会派贾科摩去德国处理重要事务。如我所说，贾科摩的确比我们任何人知道得都多，可他根本不可能有能力去运营一个跨国组织。第一，他太年轻；第二……"

"他多大了？"蒙塔巴诺打断了她的话。

"二十五岁。第二，他没有经验。我相信他是想消失一段时间，所以跟叔叔编了一个借口。他知道自己没有能力应对那些恼怒的客户。"

"所以他就消失了整整一个月？"

"靠，我想不通。"米歇尔说，"给我根烟。"

蒙塔巴诺给了她一根烟，点着了火。她慢慢吸着烟，嘴也不张。警长也不再讲话了，而是陷入了沉思。

米歇尔吸完烟后，带着娇嗔的口吻说道："我有点儿头痛。"

她试着把窗户打开，却没打开。

"我来吧。这扇窗经常打不开。"

他弯身去开窗，恰恰面朝着她的方向。他立即意识到自己错了，但为时已晚。

米歇尔突然抱住他，蒙塔巴诺十分吃惊地张大嘴巴。这一次，他又做错了。米歇尔疯狂地亲吻他半张开的嘴巴，用舌头一丝不苟地在他嘴里探寻着什么。蒙塔巴诺立即就范，接着他又控制住自己，用力推开了她。

"注意形象。"

"好的，爸爸。"她紫罗兰色的眼睛深处出现了一丝惊喜。他启动了车，挂上挡，离开了。

那句"注意形象"可不是讲给女孩听的，而是讲给他自己听的。面对诱惑，他不是立即拒绝，竟然还和着爱国歌曲的铿锵节奏晃动身体：坟墓就要开启，亡者就要苏醒……

※

"天哪,长官! 我怕极了! 我的手在抖,长官! 瞧我的手,您看到它在发抖了吗?"

"看到了。发生什么事了?"

"局长凶巴巴地喊着要找您。我告诉他您不在,等您一回来我就告诉您他找您。但是,局长非要和三级警官谈话。"

"是上级警官,坎塔。"

"不管什么,长官,您能听懂就好。我告诉局长,奥杰洛警官订婚了,要结婚,正在休假,不在办公室。您知道局长跟我说什么吗? 他说:'别跟我说这些没用的。'警长,就是这样! 然后,我告诉局长,法齐奥也出去了,所以这里没有什么上级警官。然后他问我叫什么名字。我告诉他我叫坎塔雷拉。接着,他说,'听着,嘎塔雷拉……'我想纠正他的发音,'我叫坎塔雷拉。'您知道局长说什么吗? 他说:'我不在乎你叫什么。'接着他就挂了。事情就是这样! 这个可恶的局长!"

"坎塔,整个晚上,你都在说这些没用的,局长他到底要干什么?"

"他让我转达,您要在二十四小时内回复他的所有问题。"

这个容易,意大利邮局能够办到。局长第二天就能收到匿名信,平复他的心情。

"还有别的事吗？"

"没了，警长。"

"其他人在哪里？"

"法齐奥为了一起斗殴案去了林肯大街，加洛在赛其塔诺商店，因为那里发生了一起小型抢劫案……"

"'小型'是什么意思？"

"一个十三岁的小男孩拿着一把我胳膊那么粗的枪抢劫。还有，今天早上，人们发现了一颗炸弹，加鲁佐去了现场，结果发现那是颗哑弹。而伊布洛和格拉玛歌莉娅去了……"

"好了，好了。"蒙塔巴诺说，"你没错，坎塔，西线无战事。"

他刚要走进办公室，坎塔雷拉挠着头说："警长，我看不是无战事！"

法齐奥在警长办公桌上放了一摞要签署的文件，文件堆起来有一米多高，上面贴着一张纸条，写着："特急。"蒙塔巴诺随口骂了几句，可是他知道这件事逃不掉。

※

警长走到圣卡罗杰诺餐厅，像平常一样坐下来。老板卡罗杰诺故作神秘地向他走来。

"警长，我们今天捕到了一种鱼，小银鱼。"

"捕捞小银鱼不是非法吗？"

"是。但是，偶尔用小船抓一网还是可以的。"

"你说的时候为什么那么小心？"

"大家都想要，可我手头就那么一点儿。"

"那要怎么吃？配柠檬？"

"不，警长。把这些小鱼放在锅里炸，然后揉成一团。"

蒙塔巴诺必须等一会儿才能吃到这些小东西，但等待是值得的。扁平松脆的面团上嵌着密密麻麻的小黑点，那是鱼眼。警长吃着这些用小鱼做成的面团，就像在参加宗教仪式。警长很清楚，这顿美味就像一场屠杀。为了惩罚自己，他决定不再吃别的东西了。离开饭店，一个声音如往常一样响起，令人作呕。

"你说为了惩罚自己？蒙塔巴诺，你真虚伪！你不过是担心消化不良罢了吧？你知道你吃了多少个这样的面团吗？整整十八个！"

不知为何，蒙塔巴诺去了港口，一路走到灯塔，悠闲地呼吸着海边的空气。

※

"法齐奥，你知道从意大利本土到西西里岛一共有几种交通方式吗？"

"长官，有三种，汽车、火车和轮船。当然，还可以步行。"

"法齐奥，你这样自作聪明很让人讨厌。"

"我没有自作聪明，就在去年，我的父亲从博尔扎诺一路步行到了巴勒莫。"

"我们有没有查到加尔加诺的车牌号码？"

法齐奥吃惊地看着他，"不是奥杰洛在负责这件案子吗？"

"嗯，现在由我来负责。有什么问题吗？"

"没有，怎么会有问题呢？我正打算去翻看奥杰洛的文件呢。实际上，我觉得应该给他打个电话。如果被他发现我未经他同意就去看他的东西，他一定会杀了我。这些文件您签好字了吗？如果签好了，我就拿走了，再拿些新的文件过来给您。"

"如果你再拿文件让我签字，我就让你一张一张咽下去。"

法齐奥用胳膊夹着一大堆文件，停在门口，转身说："长官，要我说，您是在加尔加诺身上浪费时间。您想知道我是怎么想的吗？"

"我不想知道。你要非说你就说。"

"我的天，您今天的脾气怎么这么糟糕！干什么？吃错东西了吧？"法齐奥说完就生气地离开了，一点儿关于加尔加诺案的想法都没说。不到五分钟，门突然摔开，猛地撞到墙上，一小块墙皮掉了下来。坎塔雷拉出现在门口，怀里一摞近一米高的文件遮住了他的脸。

"长官，请您原谅我用脚踹开了门，我抱着一堆文件，腾不出手来。"

"在那里站着别动！"

坎塔雷拉僵住了。

"你抱着什么？"警长问道。

"需要您签署的一些文件。法齐奥刚刚交给我的。"

"我数到三，如果你没从这里消失，就别怪我开枪了。"

坎塔雷拉吓得后退了几步，哆嗦着跑开了。

法齐奥肯定是生他的气了，存心报复。

※

半个小时过去了，法齐奥还是没有一点儿踪影。难道他真的生气不干了？

"法齐奥！"

法齐奥表情严肃地走了进来。

"有何命令，长官？"

"还对那件事耿耿于怀？"

"哪件事？"

"我不想听你讲对加尔加诺案件的想法。好了，你现在可以告诉我了。"

"我现在不想说了。"

这是维加塔警察局还是马里·蒙特梭利幼儿园？如果把法齐奥当作幼儿园小孩，奖给他一个红色贝壳或者有三个洞的纽扣，他会不会跟警长说呢？如果可以，那当然最好。

"说说车牌号的事吧。"

"奥杰洛连手机都不接，我联系不到他。"

"回去翻看他的文件。"

"您批准我翻看他的文件？"

"批准，去吧。"

"不用了，车牌号就在我的口袋里。"他从口袋里拿出一张纸，交给蒙塔巴诺。可蒙塔巴诺并没有直接接过来。

"你怎么拿到它的？"

"我翻了奥杰洛的文件。"

蒙塔巴诺很生气，想扇他一巴掌。每到这个时候，法齐奥就会非常紧张，特别没有骨气。

"你现在继续去翻奥杰洛的文件。我想知道外人以为加尔加诺几月几号会回来。"

"应该是九月一号。"法齐奥立即说道，"因为要分红，那天早上九点就有二十几个人在排队等他了。"

蒙塔巴诺现在清楚了，法齐奥在消失的半个小时里一直在研究奥杰洛的文件。他是个真正的警察，把情况都掌握清楚了。

"他们为什么要排队？他要用现金付款？"

"不是的，长官。他开支票、电汇或者银行卡转账。排队的是一些退休的老人，他们为能够亲自拿到支票而高兴。"

"今天是十月五号。也就是说，他已经三十五天没有音信了。"

"不，长官。他在博洛尼亚的秘书说，上次看见他是在八月二十八号。那时，加尔加诺告诉她，第二天，也就是二十九号，他会来我们这儿。八月份一共三十一天，所以加尔加诺已经三十八天没有音信了。"

警长看了一下手表，拿起电话拨了一个号码。

"喂？"

空无一人的办公室里，电话刚响了一声，玛利亚斯特拉·科森迪诺就接了，声音里满是希望。她真是一直梦想着有一天电话会响，电话那边是她朝思暮想的顶头上司，他会温情地跟她讲话。

"我是蒙塔巴诺。"

"哦。"她听起来十分失望，她的声音通过电话线路传到警长的耳朵里变得十分刺耳。

"我想了解加尔加诺先生的一些信息，女士。请问他通常会乘坐什么交通工具来维加塔？"

"他常开车过来，开自己的车。"

"我再确认一遍，他会从博洛尼亚一路开车到这里吗？"

"当然不会。我经常给他买返程票，帮他预定一个客舱，他就将车放在从巴勒莫到那不勒斯的滚装轮上。"

他谢过她，然后挂断了电话，看着法齐奥。

"这就是我要让你做的事。"

# 7

警长打开家门，发现房间里的一切都井然有序，显然有人清扫过了。书籍上的灰尘已经被除去，地板光可鉴人。保姆阿德莉娜应该来过了，可是他并没有看到她。厨房的桌子上放着一张纸条，上面写着：

> 警长先生，我派了我的侄女康塞塔来这里做家务，由她给您做饭。她很聪明，也很勤快。我后天过来。

康塞塔把洗衣机里的衣服都晾在了衣架上。蒙塔巴诺看到利维娅送他的毛衣也挂在那里，心凉了半截。毛衣已经缩水，缩成了一件儿童服。康塞塔不知道这件衣服特殊，需要用特定温度的水清洗。一阵恐慌感涌上心头，他必须尽快处理掉这件毛衣，不留一丝痕迹。他一把抓住毛衣，最好的办法是烧成灰，可它还湿着呢，怎么办？要不这样，找一片沙地，挖一个深坑，把毛衣埋进去。他现在就可以这样做，像罪犯一样，悄悄地干。他正要打开通向走廊的落地双扇玻璃门，电话突然响起。

"喂？"

"亲爱的，你还好吗？"

是利维娅的电话。

他感到不可思议，就像做坏事被抓个正着似的，他竟然还尖叫了一下。他把该死的毛衣丢到了地板上，还故意用脚把它踢到桌子下面藏了起来。

"发生什么事了？"利维娅问他。

"没什么，就是抽烟烧到了自己。假期愉快吗？"

"非常愉快。你呢，有什么新鲜事吗？"

"还是老样子。"

不知为何，他们两个每次对话总会带着尴尬和拘谨。

"我后天要去那儿了，咱们都约好了。"

那儿？"那儿"是哪儿？利维娅要来维加塔？为什么？不过，他确实很开心。可这是什么时候"约好"的？那已经不重要了。利维娅知道他在想什么。

"你肯定把我们几个星期前约定的日期忘记了。我们约好了，说最好提早两天。"

"好了，利维娅，别心烦，耐心一些。"

"你在考验穿石的滴水。"

噢，天哪，别再扯成语了！种瓜得瓜、未雨绸缪、狼吞虎咽，别用这种方式说话了。

"求你了，利维娅，别那样讲话。"

"不好意思，亲爱的，正常人都这样讲话。"

"那是我不正常了？"

"不说这个了。萨尔沃，我们约好了，米米婚礼的前两天我回去。难道你连米米的婚礼也给忘记了？"

"说实话，我确实把这个也给忘了。法齐奥提醒我米米要结婚时，我还觉得奇怪呢。"

"我一点儿都不觉得奇怪。"利维娅冷冰冰地说。

"你不觉得奇怪？为什么？"

"因为你不是忘了，而是故意让自己不要想起来。这完全是两码事。"

他再也无法忍受这样的谈话了。不光是成语，利维娅拌嘴时还会做心理分析，这同样让他很难忍受。她的推理像是美国电影里演的那样，一个连环杀手杀了五十二个人，原因竟然是父亲在他小时候没让他吃草莓酱。

"那么，在你和你的同行弗洛伊德和荣格看来，我故意不让自己想起什么？"

电话那端传来一阵冷笑声。

"结婚的想法。"利维娅说。

她颤颤巍巍的声音像是北极熊行走在浮冰上一样。现在该怎么应对这种局面？是无情地反驳回去、不愉快地结束谈话，还是顺着她、依着她？他明智地选择了第二种应对办法。

"你也许是对的。"他假装十分后悔。

事实证明，他做对了。

"我们不谈这个了。"利维娅大度地说。

"噢，不，不该这样！我想我们应该继续谈这个。"蒙塔巴诺清楚自己现在掌握了话语权。

"现在？在电话里？我们当面谈吧。"

"那好吧。别忘了，我们还需要准备一份结婚礼物。"

"你在开玩笑吧？"利维娅笑着说。

"你不想送米米一份礼物吗？"蒙塔巴诺感到十分疑惑。

"我已经送了礼物！你真以为我会等到最后一天吗？我敢肯定，米米一定会喜欢我送的礼物，我很了解他的喜好。"

蒙塔巴诺听到她的话后十分嫉妒米米。不过，虽然他十分生气，也很恼怒，但并没表现出来。

"我知道你很清楚米米的喜好。"

他再也无法忍受，他必须讲出来。

利维娅停顿了一下，什么也没说。

"白痴。"蒙塔巴诺的话很冲，"你从来都只重视米米的喜好，总是忽视比阿特丽斯的喜好。"

"不是这样的，我打电话问过贝巴的。"

蒙塔巴诺现在不知道怎样对待这次争吵。他们最近每次通话都会吵架，但愿两人的亲密关系不会受到影响。可这到底是为什么，为什么他们说三句就要吵一句？警长想了想，也许因为他们无法再忍受这样的异地恋了。人一变老，就会变得现实，迫切地希望身边有爱人陪伴。他就这样"平静安宁"地想着（他喜欢这样"平静安宁"的推理，就像巴奇·佩鲁基纳牌巧克力包装纸上的文字一样），随手抓起桌子底下的毛衣，装进塑料袋里，准备放到衣柜里。他一打开衣橱就被樟脑丸的味道熏得快速退后了几步，他一脚踢向衣柜的门。门关上后，他把塑料袋扔到了衣柜上面。他想暂时把毛衣放在上面，在利维娅回来前处理掉就可以了。

※

蒙塔巴诺打开冰箱，里面没什么特别的东西，一罐橄榄、一罐凤尾鱼和一点儿图马佐奶酪。他又打开烤箱，里面放着康塞塔做的一盘炸土豆球，这让他很兴奋。炸土豆球只是一道家常菜，做不好就难以下咽，做好了就十分美味，关键是怎样调味，怎样调配洋葱、酸豆、橄榄、醋、糖、盐和胡椒粉的分量。他只尝了一口就知道康塞塔很会做菜，真不愧是阿德莉娜的侄女。吃完了一大盘炸土豆球后，他又吃了一些面包和奶酪，不是因为饿，而是因为馋。蒙塔巴诺记得他从小就爱吃，父亲过去常常喊他贪吃鬼、美食家。这些回忆让他感到难过，于是他又喝了一些纯威士忌酒，准备睡觉。不过，睡前他想先读会儿书。他选了两本，一本是塔布基写的新书，一本是西默农的小说，后一本他放着一直没读。他不知道读哪一本，刚想拿起那本新书，电话就响了。接还是不接，这是个问题。他又开始犹豫了，这让他感到很不舒服。最终，他决定接电话。

"我是米米，萨尔沃，我有没有打扰到你？"

"没，一点儿都没有。"

"你准备睡了吗？"

"嗯，是。"

"你现在是一个人吗？"

"你觉得还会有谁和我在一起？"

"我能占用你五分钟的时间吗？"

"嗯，什么事？"

"我们别在电话里说了。"

"好，那我们当面谈。"

米米肯定不是想谈工作。那会是什么？出什么事了吗？也许是他和比阿特丽斯吵架了。警长脑中冒出一个顽皮的想法。如果真的是米米和未婚妻发生了口角，他会让米米给利维娅打电话。毕竟，他和利维娅不是心心相印吗？

门铃响了。现在这个时间会是谁呢？不可能是米米，因为从维加塔到马里内拉至少得花十分钟的时间。

"谁？"

"是我，米米。"

怎么可能是他？蒙塔巴诺明白了，米米一定是在附近用手机给他打的电话。他打开门，放自己的副手进来。米米脸色苍白，一副沮丧和痛苦的表情。

"你身体不舒服吗？"蒙塔巴诺关心地问道。

"也是，也不是。"

"这到底是什么意思，'也是，也不是'？"

"我这就解释给你听。我能喝两口纯威士忌吗？"米米坐到了桌子旁边的椅子上。

警长倒着威士忌酒突然一怔，这一幕像是在哪里发生过，他们曾经是不是说过相同的话？

奥杰洛把一杯全喝了。他站起来，又倒了一杯，然后坐了回去。

"我的身体状况很好。"他说，"问题不是那个。"

蒙塔巴诺心想，现在"那个"从来都不是问题。有人说："有很多人失业了。"政治家会说："实际上，问题不是那个。"丈夫问妻子："你出轨了，这是真的吗？"妻子会回答："问题不是那个。"蒙塔巴诺至今都清晰地记着那个场景。

他对米米说:"你不想结婚了。"

米米看着他,目瞪口呆。

"谁告诉你的?"

"没人告诉我。我从你的眼神和面部表情上推断出来了。"

"不完全正确,事情比较复杂。"

因为"那个"不是问题,事情自然"比较复杂"。接下来可能是"我们操之过急",也可能是"是时候重新开始了"之类的问题。

"事实上,"米米说,"我爱极了贝巴,喜欢做她的情人。我爱她思考和讲话的方式,我爱她的穿衣打扮,我也爱她一手的好厨艺⋯⋯"

"但是呢?"蒙塔巴诺故意打断他的话。米米接着啰唆了一大段,大意就是,自己喜欢的女人就像上帝一样有数不清的优点。

"但是,我不想和她结婚。"

蒙塔巴诺一言不发,而米米还有许多话要说。

"或者说,我确实想和她结婚,可是⋯⋯"

米米接下来还有好多话要说。

"我好几个晚上都躺在床上,数着距离结婚还有多少个小时。"

他叹了口气。

"有几个晚上，我还会想乘坐第一班飞机飞往布基纳法索。"

"这里到布基纳法索有许多趟航班？"蒙塔巴诺打趣地说。

米米立即满脸通红地站了起来。

"我走了。我来这儿可不是为了被你取笑。"

蒙塔巴诺劝他留了下来。米米继续讲话，又是一段冗长的独白。他说自己有时渴望得到这个，有时又渴望得到那个，这让他备受煎熬。他一会儿为自己没有能力承担责任而担惊受怕，一会儿又为自己将会成为四个孩子的父亲而感到骄傲，他不清楚自己到底想要什么。他担心自己在婚礼期间即将说出"我愿意"的时候突然落跑，留下众人收拾残局。可怜的贝巴怎么能承受这样的打击呢？

他们像上次一样喝光了所有的威士忌酒。米米先醉了，他因为几个晚上的精神折磨加上今晚连续三个小时的独白而筋疲力尽。过了一会儿，米米站起来走了。蒙塔巴诺还以为他去了浴室，其实不是。米米打着鼾斜躺在床上。警长骂了几句之后躺在沙发上睡着了。

警长醒后感觉有些头痛，不知是谁在浴室里哼着歌。他突然想了起来。警长接着从沙发上爬了起来，身体因为昨晚睡得不舒服而有些难受。他跑到浴室，米米正在洗澡，弄得周围湿漉漉的。米米满不在乎，看起来还很开心。蒙塔巴诺不知道现在应该怎么做。要不要打他的后脑勺把他敲晕？他走到阳台上，天气不错，他回到厨房煮了一壶咖啡，给自己倒了一杯。

米米走向警长，胡子刮得十分干净，人很精神，微笑着说："能给我一杯吗？"

蒙塔巴诺没有说话，他不知道自己一开口会说些什么。米米在杯子里装了半杯糖，警长看见他这么做就想作呕。这个家伙不是在喝咖啡，而是在喝咖啡糖浆。

米米喝了咖啡，或者说，灌了咖啡糖浆以后，认真地看着警长。

"请把昨天我对你说的话忘掉。我下定决心和贝巴结婚了。昨天的话都是些废话，只是偶发的一些顾虑，已经过去了。"

"愿你们只生儿子。"蒙塔巴诺脸色阴沉地小声说道。

奥杰洛要离开时，警长又说了一句清晰的话："顺致赞扬。"

米米慢慢地转过身，显出戒备的样子。听得出来，警长这是在讽刺他。

"赞扬我什么？"

"赞扬你在加尔加诺这个案子上的工作，那可真是漏洞百出。"

"你看过我的文件了？"奥杰洛十分生气。

"别担心。我更喜欢看干货。"

"听着，萨尔沃。"米米说着后退了几步，坐回了原处，"这么和你解释吧，我只是协助调查。瓜尔诺塔全权负责这个案子，还有博洛尼亚警方，所以你别生我的气。我只是照着他们告诉我的去做，就这样。"

"他们清楚钱到底去哪里了吗？"

"我认为他们不清楚。你知道的，这些人总会这样做，把钱从一个地点转移到另一个地点，从一个银行转移到另一个银行，像俄罗斯套娃一样开办无数海外公司。他们这种做法不禁让人怀疑，这些钱是不是压根儿就没存在过。"

"也就是说，加尔加诺是唯一知道钱在哪里的人？"

"理论上来讲，只有他知道。"

"此话怎讲？"

"我觉得不能排除存在共犯这个可能，也许加尔加诺会把事情透露给某个人。但是，我认为没有共犯。"

"为什么？"

"他从不信任任何人，包括同事。每件事情他都会严密把关。只有一个人还有可能知道一点儿加尔加诺的事，那就是贾科摩·佩莱格里诺，我记得他好像是叫这个名字。至少那两个女员工是这样讲的。我没办法直接问他，他去德国还没回来。"

"谁告诉你贾科摩离开了？"

"他的女房东。"

"你确定加尔加诺没有失踪或者被迫失踪，而是藏在附近某个地方？"

"你看，萨尔沃，没有任何火车票、船票或机票信息可以证明他在失踪之前去了什么地方。我们可能会说他也许是自己开车离开的。的确，他申请了数字高速通行证，可是并没有使用记录。所以，加尔加诺可能从来没有离开过博洛尼亚。这里没有人看到过他的车。如果他的车来过这里，很难不被人发现。"

奥杰洛看了一下自己的手表。

"还有其他事吗？我可不想让贝巴因为我不在家而担心。"

蒙塔巴诺站起来和奥杰洛一起走到门口。他的心情好了许多，倒不是因为事情因为奥杰洛的话变简单了，事实恰恰相反。这件案子看起来十分复杂。奇怪的是，事情越是复杂，警长反而越感到兴奋，就像猎人遇到了狡黠的猎物。

米米在门口问他："你能告诉我，你为什么如此看重加尔加诺的这件案子吗？"

"不能，因为我自己也不明白为什么。我们在处理这件案子的过程中，弗朗索瓦还好吗？"

"昨天，我姐姐说一切都好。你会在婚礼上见到他们。你刚刚为什么说'我们在处理这件案子的过程中'？弗朗索瓦与加尔加诺的案子有什么关系？"

蒙塔巴诺一想到这孩子的钱可能和金融诈骗犯一起消失就吓得不行。要解释清楚这种担心可是要花费很大的时间和精力的。事实上，蒙塔巴诺或许正是因为这种担心才会一头扎进这件案子。

"我说过吗？我不知道。"他假装一本正经地回答道。

※

"法齐奥，别再浪费时间调查了。米米说他们认真调查过好多次，你没必要再浪费时间了。不管怎样，他们连看到加尔加诺来过这里的狗都找不到。"

"您爱怎么说就怎么说吧，长官。"

法齐奥在警长的桌前站着不动。

"你还想和我说什么事吗？"

"我不知道。我在奥杰洛警官的文件里发现一样东西，有人在八月三十一号晚上看到过加尔加诺的阿尔法一六六跑车停靠在一条乡村公路上。"

蒙塔巴诺从椅子上跳起来。

"嗯，然后呢？"

"奥杰洛警官在证词旁边写着：'别太当真。'所以，奥杰洛警官直接把它忽略了。"

"我的上帝，为什么？"

"因为这人的名字是安东尼诺·托马斯诺。"

"我不管他叫什么名字，重要的是……"

"您应该重视他的名字，长官。几年前，这个托马斯诺跑去宪兵队，说他看到佩斯卡拉外海有一只三头水怪。就在去年，天还没亮，他就跑到我们这儿，尖叫着说自己看到了飞碟。长官，您还记得吧？他把这个故事告诉了坎塔雷拉，把坎塔雷拉吓得不轻，也跟着尖叫起来。长官，这完全是一场闹剧。"

# 8

　　连续一个多小时，蒙塔巴诺一直在签字。这些文件是法齐奥之前放在这里的，当时，他威严地说道："长官，您一定要认真对待这些文件，签不完字请不要离开！"奥杰洛门都没敲就进来了，看起来十分低落。

　　"婚礼延期了！"

　　哦，天，他的优柔寡断一定是又发作了。

　　"你像搞外遇的男人一样改变主意了吗？"

　　"不是。今天早上，贝巴接到老家艾多内的电话。电话里说她父亲心脏病犯了。病情没有那么严重，但他们父女情深，她希望结婚的时候父亲能在场。贝巴已经走了，我打算待会儿就去找她。如果一切顺利，我们大概会在一个月之内举行婚礼。我该怎么办？"

　　"什么怎么办？"蒙塔巴诺对他的话感到十分疑惑。

　　"我不能忍受这种折磨，整整一个月的晚上躺在床上睡不着，不是数着距离婚礼的日子就是思考逃避婚礼的办法。

我走在走廊上时，不是精神紧张就是快要崩溃了。"

"我不会让你紧张到崩溃的。我建议你去贝巴老家艾多内看看，然后回来工作。"

"我要告诉利维娅。"蒙塔巴诺拿起电话。

"不用了，我已经给她打过电话了。"米米说着就出去了。

蒙塔巴诺既妒忌又生气。什么？你未来的岳父心脏病犯了，你的未婚妻在绝望地哭泣，你的婚礼被延后了，而你的第一反应竟是给利维娅打电话？他把文件扔了一地板，起身离开了。他开车到了码头，想散散步发泄一下怒气。

※

蒙塔巴诺也不知道自己为什么想换条路回警察局，途中经过了迈达斯国王联合公司。门是开着的，他推开玻璃门走了进去。

他一进去就闻到一股阴森之气，让人难以忍受。整间办公室就亮着一盏灯，发出葬礼般的微光。窗边，玛利亚斯特拉·科森迪诺坐着一动不动，双眼直勾勾地盯着前方。

"早上好。"蒙塔巴诺说，"我路过。有没有什么消息？"

玛利亚斯特拉摆了摆手，什么也没说。

"贾科摩·佩莱格里诺从德国打电话来了吗？"

玛利亚斯特拉睁大了眼睛说："从德国？"

"对，加尔加诺交代他去德国办事。你不知道吗？"

玛利亚斯特拉看起来心烦意乱，满脸疑惑。

"不，我不知道。我在想为什么会变成这样。我想，他消失也许是为了逃避……"

"不。"蒙塔巴诺说，"贾科摩同名的叔叔告诉我，加尔加诺打电话让贾科摩八月三十一号下午去德国。"

"在加尔加诺先生原定到达的前一天吗？"

"就是这样。"

玛利亚斯特拉又是沉默不语。

"你觉得有什么事情不对劲儿吗？"

"说实话，是的。"

"告诉我。"

"嗯。在我们几个人里，只有贾科摩和加尔加诺先生经手过付款和收益计算。我很奇怪，加尔加诺先生竟然会派他去那么远的地方。我认为，加尔加诺先生在这里更加需要他。无论如何，贾科摩……"

她突然不说话了，显然是不想继续说了。

"你可以相信我，继续说，说出你所有的想法。这与加尔加诺先生的切身利益息息相关。"

蒙塔巴诺对自己说的最后一句话感觉很羞耻，自己就像一个孤注一掷的骗子。科森迪诺女士相信了他的话。

"我认为贾科摩并不了解这桩买卖的复杂性，而加尔加诺先生可是明白得很。"

一提到自己那位才华横溢的心上人，科森迪诺女士的眼中便闪烁着光芒。

"告诉我，"警长说道，"你知道贾科摩·佩莱格里诺的地址吗？"

"当然知道。"玛利亚斯特拉说。

她写到纸上交给了他。

"一有任何消息，请打电话给我。"蒙塔巴诺说。

他们握手告别，玛利亚斯特拉说了一句旁人几乎听不见的话，"祝你今天愉快。"也许她什么力气都没有了，也许她想饿死自己，沮丧地像是守在主人坟墓前的一只小狗。

蒙塔巴诺冲出办公室，刚才在里面他感觉自己就要窒息了。

※

贾科摩·佩莱格里诺公寓的门大开着。楼梯口杂乱地摆着几袋水泥和几罐涂料，还有泥瓦匠的工具。警长向里面走去。

"我能进来吗？"

"你要干什么？"一个身着工作服、头戴纸帽的泥瓦匠站在梯子上说道。

"我不知道。"蒙塔巴诺有些不知所措，"这里是不是住着一个名叫佩莱格里诺的人？"

"我不知道谁住在这里，谁没住在这里。"泥瓦匠说。

他向上伸手像敲门一样用手指敲天花板。

"卡塔里娜夫人！"他喊道。

楼上传来一个女人粗犷的声音。

"什么事？"

"夫人，下楼，有个人想和你说话。"

"我马上下来。"

蒙塔巴诺走到楼梯口。他听到楼上的门打开又关上，然后响起了奇怪的声音，像风箱在拉动。不过，一看到站在楼上的卡塔里娜夫人他就明白了。她的体重得将近三百斤，她每走一步，地板都会嘎吱作响。看到警长后，她停下了脚步。

"你是谁？"

"我是蒙塔巴诺警长。"

"你找我什么事？"

"我想和夫人说几句话。"

"要很长时间吗？"

警长用手示意不需要很长时间。卡塔里娜夫人看着他，若有所思。

"你最好上楼来。"她最后说，费力地转过自己的身体。

警长站着没动，他决定先等等，听到楼上钥匙开门的声音后再上楼。

"上来吧。"女人对他说。

警长走进客厅。客厅里到处都是钟罩里的圣母雕塑、垂泪圣母画像，还有装满了圣母泉水的圣母形瓶子。卡塔里娜夫人坐在手摇椅上，椅子明显是按照她的体重专门定制的。她示意蒙塔巴诺在沙发上坐下。

"警长先生，说吧。我一直等着这一天！我早就感觉到了，那个该死的家伙总有一天会倒大霉的。让他进监狱！再也不放他出来！"

"夫人在说谁？"

"你觉得会是谁？我老公！他离家整整三天了！该死的家伙。赌博、酗酒、嫖娼，真该死！"

"对不起，夫人，我来这里不是因为你老公。"

"哦，不是吗？那是为谁？"

"贾科摩·佩莱格里诺。楼下的公寓是他租的吧？"卡塔里娜夫人的脸越来越鼓，警长都担心她的脸会涨破。这个女人开心地笑了。

"他真是个好孩子！有教养，有礼貌！失去了他，我还挺难过的！"

"什么意思？"

"因为他离开了，所以我失去了他。"

"他不在楼下住了吗？"

"不住了，警长。"

"夫人，请把来龙去脉告诉我。"

"什么来龙去脉？"她说道，"大约八月二十五号，他上楼来跟我说他打算搬出去。因为他没有预先通知我，所以他给了我三个月的租金。三十号早上，他打包了两个包裹，跟我道别后就离开了这里。这就是来龙去脉。"

"他有没有说他会搬到哪里？"

"他为什么要和我说这个？我们是什么关系？母子？夫妇？兄妹？"

"你们不是表兄弟姐妹？"蒙塔巴诺问道，试着调查他们之间是否存在别的关系。

卡塔里娜夫人说："当然不是！他只是跟我说他要去德国待一个月，回来时住自己的房子。多好的孩子啊。愿上帝保佑他！"

"那他有没有从德国给你写过信或者通过电话？"

"他为什么要这么做？我们是什么关系，亲戚？"

"我想我们已经讨论过这个问题了。"蒙塔巴诺说，"有人来找过他吗？"

"警长，只有一次，大概九月四号或五号，的确有人来找过他。"

"你知道是谁吗？"

"警长先生，是一个警察。他说贾科摩先生得去警察局报到。我告诉他贾科摩已经到德国去了。"

"那他有车吗？"

"谁，贾科摩？他倒是会开车，也有驾照什么的，该有的都有，就是缺一辆车。他只有一辆破烂的小摩托车，有时能骑，有时坏得不能骑。"

蒙塔巴诺站起身，向她道谢后就告别离开了。

"请原谅我不能到门口送你了。"卡塔里娜夫人说，"我站起来太费劲了。"

※

"咱们来做个一分钟推理。"警长对着盘中的红色胭脂鱼说，"根据卡塔里娜夫人所说，贾科摩在八月三十号早上离开了公寓。根据和他同名的叔叔所说，贾科摩在第二天告诉他，当天下午四点，他要飞往德国。那么问题来了，三十号晚上，贾科摩在哪里睡觉？或许是这样的，他三十号晚上还在公寓过夜，三十一号早上才离开公寓。那么，他的摩托车呢？关键是，贾科摩和调查有什么关系？如果有关系，又是为什么？"

盘中的胭脂鱼没有和他进行任何形式的交流，因为它们已经从盘子里转移到了蒙塔巴诺的肚子里。

"那么，暂且先假设二者之间有关系，继续追查。"他决定这样做。

※

"法齐奥，你去检查一下，看看贾科摩·佩莱格里诺有没有预订一趟八月三十一号下午四点飞往德国的航班。"

"到德国哪里？"

"我不知道。"

"长官，德国有许多城市。"

"你在开玩笑？"

"没有，长官。从哪个机场？巴勒莫还是坎塔尼亚？"

"我想应该是巴勒莫。我们现在马上离开这里。"

"好的，长官。我想告诉您，布尔焦校长打来电话，他让我提醒您，他说您知道是什么事。"

布尔焦是一名退休中学校长。大概十天前，他邀请警长去参加一场辩论，主题是"是否支持在墨西拿海峡上建大桥"。布尔焦是正方代表。谁也不知道为什么会在辩论会结束后放罗伯特·贝尼尼导演的《美丽人生》。为了让朋友高兴，蒙塔巴诺答应过会儿去参加辩论赛，然后去看电影。关于后半段的行程，他也听到了不少"辩论"。

他决定先回马里内拉换套衣服，现在穿的牛仔裤不合适。他开着车回到家，不幸的是，他本来想在床上躺五分钟，可却睡了整整三个小时。他醒来后发现，就算紧赶慢赶也只能赶得上看电影。

礼堂里挤满了人，警长赶到的时候正好灯光微弱。他站在那里，时不时笑起来，可最后，心情突然变得极其低落，嗓子突然哽咽，伤感油然而生……他还不曾在看电影时如此难受过。他赶在礼堂的灯亮之前快速离开了，因为他担心被人看到自己落泪的尴尬场面。自己到底是怎么了？是因为年龄吗？自己老了？人上了年纪确实会多愁善感。可这不是唯一的原因。还有什么原因？是电影情节还是叙事方式？可那也并不能解释他的这种情况。他本来站在外面，等着里面的人出来，好在布尔焦走过的时候和他打了声招呼。可是，一阵孤独感突然袭来，于是他直接回家了。

冷风吹过走廊，大海几乎要吞没整个海滩。他从壁橱里拿出一件有衬里的雨衣。他穿上雨衣，走了出去，然后坐下来。他想点着烟，但是因为风太大点不着。要想点着就得回卧室，于是他决定还是不抽了。他看到远处水面上的灯光忽隐忽现，如果那是渔民的话，他们现在的处境一定十分艰难。警长将手插在雨衣的口袋里，一动不动地坐在那里，回想着看电影时的心境。突然，令他感动到哭泣的原因越来越清晰，但他拒绝相信。可是，那个原因简直无懈可击。最后，警长决定正视它。

※

第二天清晨离开前，他要在阿尔巴纳斯酒吧等一等，等着买新鲜的乳清干酪卡诺里卷。他买了大概三十个卷，还有几斤芝麻籽饼干、杏仁乳糖饼和短通心粉。都买好后，他准备开车回去。车启动时冒出一股芳香，他不得不开着窗子，免得被刺激得头疼。

他选了一条既绕远又崎岖的路去卡拉皮亚诺。他之前走过几次，途中能看到西西里岛在视野中一点一点地消失，还能看到长满蔬菜的大田和聚在一起讲话的人。车开了大概两个小时后，刚好路过加利亚诺，他发现自己前面有一排车正沿着残破的碎石路面缓缓开动。路灯柱子上有一个手写的标志：慢行！

一个男的身着制服，像裁判一样吹着哨子，举起双臂。他的脸长得特别像逃犯（可我们真的确定逃犯就长这样吗？）。听到哨声，蒙塔巴诺前面的那辆车马上停了下来。两分钟后，还是什么动静也没有。警长决定下车舒展一下筋骨，于是走向那个男的。

"你是警察吗？"

"我？我可不是！我是卡斯帕·印第里凯托，小学维修工。请往边儿上站站，这个方向有车。"

"不好意思，问一下，今天学校不是开课吗？"

"是，可学校封校了。两块天花板塌了。"

"所以你就被派来维持交通秩序？"

"没人派我做任何事，我是自愿的。如果我不在这里，另一个志愿者佩皮·布鲁库莱里又不在，你能想象交通会有多混乱吗？"

"交通怎么了？"

"五个月前，从这里往前面大约一公里的路面塌了，一次只允许一辆车通行。"

"五个月前？！"

"是的，先生。镇政府说由省政府负责维修，省政府说由区政府负责，而区政府说这是交通局该管的事。于是，交通问题就来了。"

"你怎么没被堵？"

"我骑自行车。"

半小时后，蒙塔巴诺终于上路了。他记得农场就在卡拉皮亚诺开外四公里左右的地方，途中肯定会经过一段坑坑洼洼的沙土路，这条路就连山羊也会绕过不走。但是现在，这条窄路已被修得十分平整，要不就是他走错了路，要不就是卡拉皮亚诺道路管理得好。显然是后者。拐过弯，眼前便是农舍，烟囱里冒着浓烟，有人在开火做饭。警长看了看手表，快一点了。他抱着卡诺里卷和饼干，下车走进了一个大房间，角落里有一台电视机，显然，这里既是餐厅也是起居室。他把包裹放在桌子上，走进了厨房。米米的姐姐弗兰卡正背对着他，还不知道有人已经进来了。警长安静地站在那里，默默地看着弗兰卡，欣赏着她如此协调的动作，更被肉酱的香味深深迷住。

"弗兰卡。"

她转过身，看到蒙塔巴诺后，她兴奋地扑进他的怀里。

"萨尔沃！真是一个大惊喜！"她说，"米米要结婚了，你听说没？"

"听说了。"

"贝巴今天早上给我打电话了，她父亲的身体好多了。"

接着，她又回到火炉旁，竟然没问萨尔沃为什么来这里看他们。

真是个勤快的女人啊！蒙塔巴诺心想。"其他人呢？"他接着问道。

"大人都在工作。朱塞佩、多梅尼科和弗朗索瓦去了学校，一会儿就回家。厄恩斯特已经开车去接他们了。还记得厄恩斯特吗？就是夏天在这里帮忙的德国学生，他很喜欢这里，一有机会就会过来。"

"我要告诉你件事。"蒙塔巴诺说。

他把托付给公证人银行存折和钱的事情告诉了她。他之前总是忘记和弗兰卡夫妇说这件事。蒙塔巴诺说这件事的时候，弗兰卡在厨房和餐厅之间不停地来回穿梭，警长就一直跟在她后面。他说完话之后，弗兰卡只说了一句话："你做得对，我很替弗朗索瓦高兴。帮我摆桌子吧？"

# 9

蒙塔巴诺一听到汽车开进院里的声音马上就跑了出去。

他一眼就看到了弗朗索瓦。天，他变化真大！他不再是记忆中的那个小男孩了，已然长成了黑瘦黑瘦的小伙子，一头黑色卷发，黑色的大眼睛。弗朗索瓦也一眼就看到了他。

"萨尔沃！"

弗朗索瓦向他飞奔过来，紧紧地抱着蒙塔巴诺。这次，弗朗索瓦不再像以前那样，先是跑向蒙塔巴诺，又在最后一秒跑开。他们两个之间没有隔阂了，只有深厚的感情。萨尔沃从他拥抱自己的力度和时间中已经感受到了。蒙塔巴诺一只手放在弗朗索瓦的肩膀上，而弗朗索瓦搂着警长的腰，其他人跟着他们两个走进了屋子。

随后，奥尔多和他的三个帮手也回来了，他们都坐到了桌子旁边。弗朗索瓦坐在蒙塔巴诺的右面，手扶在蒙塔巴诺的膝盖上。警长将叉子从右手抽出，试图用左手吃面包，右手搁在男孩的手上。他们两个就算因为喝酒或切肉将手分开，之后也会在桌子底下默默地握在一起。

"房间收拾好了，你去里面休息就行。"饭后，弗朗索瓦说道。

"不了，我马上就要走了。"

奥尔多和三个帮手起身跟蒙塔巴诺说了声再见，然后就出去了。

朱塞佩和多梅尼科也说了声再见出去了。

"他们要工作到五点。"弗朗索瓦解释道，"然后回来做作业。"

"那你呢？"蒙塔巴诺问弗朗索瓦。

"你走之前我要陪着你，我想给你看样东西，走。"弗朗索瓦说。

弗朗索瓦将他带到房子周围的一大片紫花苜蓿牧场上，那里有四匹马在吃草。

"宾拜！"弗朗索瓦喊道。

一匹金黄色鬃毛的雌马昂头奔向弗朗索瓦。在马离他很近的地方，弗朗索瓦跑着跳到它的背上，骑马转了一圈后回到蒙塔巴诺身边。

"你喜欢它吗？"弗朗索瓦十分高兴，"爸爸送的。"

爸爸？一定是奥尔多。弗朗索瓦喊他爸爸自然是没错的。但是，有那么一阵子，他的心像被针扎了一样。本来没什么的，可是他真的感觉到了一阵心痛。

"我也向利维娅展示了一番骑术。"弗朗索瓦说。

"哦？是吗？"

"是的，那天她来的时候。她还担心我会摔下来。你知道的，女人都这样。"

"她在这里过夜了吗？"

"睡了一晚，第二天就走了。厄恩斯特送她去的机场。见到她真高兴。"

蒙塔巴诺没说什么，甚至屏住了呼吸。他们安静地走回农舍，警长的胳膊仍然搭在这个男孩的肩膀上，弗朗索瓦搂着他的腰，还拽着他的夹克衫。走到门口时，弗朗索瓦低声说：

"告诉你一个秘密。"

蒙塔巴诺弯身听着。

"我长大后想成为像你一样的警察。"

※

蒙塔巴诺选择了另一条路回去。这次全程只用了三个小时，而不是四个半小时。他一到警察局就被坎塔雷拉抓着问问题。坎塔雷拉低落了许多。

"啊，长官，长官！局长说……"

"让我清静清静。"蒙塔巴诺说。

坎塔雷拉像是被打了一拳，连话都说不出来。

蒙塔巴诺一到办公室就找了一张白纸和一个没有警局标志的信封。他坐下给局长写了一封不带任何正式问候语的信。

　　我想您现在已经收到我寄给您的匿名信了，里面是公证人收据的复印件，还有其他一些文件。它们可以证明我收养这个孩子是合法的，您不能控告我拐卖儿童。您想清楚，小心我告您诽谤。

蒙塔巴诺

"坎塔雷拉！"

"在，长官！"

"这是一千里拉，你去买张邮票，贴在信封上，把这封信寄出去。"

"可是，长官，办公室里有许多邮票。"

"照我说的做。法齐奥！"

"是，长官。"

"有什么消息吗？"

"有，长官。这得感谢我的一个朋友，他是机场的警卫，他朋友的女朋友在畔塔莱斯的售票处工作。太走运了，否则至少得三个月才能有消息。"

意大利的官僚机构就像流水线一样：甲认识乙，乙又认识丙……

"然后呢？"

法齐奥想炫耀一下自己的成就，慢慢地把手伸进口袋里，掏出一张折着的纸。他把纸展开后放在前面，给警长指出来。

"事实证明，贾科摩·佩莱格里诺订了一张由维加塔的伊卡璐旅行社代办的机票，起飞时间是八月三十一号下午四点。您知道吗？他根本就没上这趟航班。"

"你确定？"

"十分确定，长官，您看起来好像并不吃惊。"

"我越来越确定，贾科摩从未离开过。"

"不知道您是否对接下来的一件事感到吃惊。贾科摩在飞机起飞前两个小时亲自取消了航班。"

"也就是说，他在两点取消了航班？"

"对，然后他改变了目的地。"

"现在我感到很吃惊。"蒙塔巴诺说，"他去了哪里？"

"等等，还没有说完。他订了一趟到马德里的航班，九月一号上午十点，可是……"

法齐奥咧嘴笑着，很满意自己刚才的表现。现在，他仿佛陶醉在《阿依达》的凯旋进行曲中。结果，他刚要张嘴说最后一句话的时候，警长替他讲了出来。

"可是，他也没上那一趟飞机。"警长推断道。

法齐奥生气地把纸揉作一团，随手放在后兜里。

"真没劲。一点儿都不好笑。"

"好了，别伤心。"警长安慰他说，"蒙特鲁萨有几个旅行社？"

"维加塔这里还有三个。"

"我不管维加塔的旅行社。"

"我查查电话簿，然后把号码给您。"

"别麻烦了，你来打电话，问一下在八月二十八号到九月一号这几天是否有一个叫贾科摩·佩莱格里诺的人预订过航班。"

法齐奥十分吃惊，接着又慢慢恢复了常态。

"现在已经下班了，我明天早晨一过来就打电话。长官，假如我发现佩莱格里诺还预订了飞往莫斯科或者伦敦的航班，那该怎么办？"

"那就说明他想玩障眼法。他告诉大家他要去德国，口袋里却有一张飞往马德里的机票，明天我们就会知道他是否还订了其他的机票。你有没有找到玛利亚斯特拉·科森迪诺的电话号码？"

"我在奥杰洛的文件里找到了。"

法齐奥把电话号码写在纸上，交给蒙塔巴诺后就走了。

警长拨了号码,但是没人应答,科森迪诺女士也许去杂货店了。他把写着电话号码的纸放在口袋里，决定回马里内拉的家。

※

他没有胃口吃饭。他的肚子因为在弗兰卡那里吃的甜点和猪肉撑得难受。他给自己煎了一个鸡蛋，又吃了四条新鲜的凤尾鱼。吃完后，他又拨了科森迪诺女士的电话。她一定是守在电话旁边，因为电话一响她就接了。

"喂？谁？"她的声音听起来奄奄一息。

"我是蒙塔巴诺，抱歉打扰你，也许你正在看电视，或者……"

"这里没有电视。"

警长不知道为什么，好像听到远处传来一声铃响，一闪即过。声音响得太突然，他都不太确定是不是真的听到了。

"我想问一下，八月三十一号那天，贾科摩·佩莱格里诺有没有来上班，你还记得吗？"

科森迪诺立即肯定地说："警长，我永远无法忘记那些日子。它们经常在我的脑海里浮现。三十一号那天，佩莱格里诺上班迟到了，十一点左右才到。而且，他上班没多久就走了，说要去见客户。午饭后，下午四点半左右，他又回到了公司，一直待到下班才走。"

警长向她致谢后挂了电话。

把这些信息拼在一起，大概的事实已然清晰了。佩莱格里诺早上去找他叔叔谈话，然后回到公司；中午又出去了，倒不是去见客户，而是打的或租车去了畔塔莱斯，下午两点左右到机场取消了飞往柏林的票，又订了一张到马德里的票。接着，他又打的或租车在四点半回到办公室。这似乎很合理。

可是，佩莱格里诺为什么要这么做，他不嫌麻烦吗？当然了，这样不容易被人发现。可是，他怕被谁发现呢？关键是，他为什么要这么做？就算加尔加诺有一万个理由消失，他却没有任何理由消失。

※

"亲爱的，你好。今天过得还好吗？"

"利维娅，能不能等我一下？"

"当然。"

他拉了一把椅子坐下来，点上烟，尽量让自己舒服一些。他确信这次通话会持续很长时间。

"我好累，但不是因为工作。"

"那是因为什么？"

"告诉你吧，我今天开了将近八个小时的车。"

"你去哪儿了？"

"亲爱的，我去了卡拉皮亚诺。"

警长听到一声哽咽，利维娅一定是呼吸有些急促。

警长没有说话，等着她调整呼吸后听她讲话。

"是因为弗朗索瓦吗？"

"对。"

"他病了吗？"

"没有。"

"那你为什么去那里？"

"阿玛司柏诺。"

"不要和我讲方言，萨尔沃！你知道我有时真是受不了方言！你刚刚说什么？"

"我说我见到他很高兴。阿玛是'他'的意思，司柏诺是'希望'或者'渴望'。我问你，现在有没有明白这句话的意思？难道你就不渴望见到弗朗索瓦吗？"

"你真令人厌恶，萨尔沃。"

"我们做个交易怎么样？我不说方言，你别骂我，好吗？"

"你知道我去见过弗朗索瓦了？谁告诉你的？"

"弗朗索瓦自己说的。他向我展示自己的骑术时说的。大人都替你保守秘密，只字未提你去过他们那里。你肯定恳求他们不要告诉我你去过那里。你和我说你要请一天假和朋友去海滩，而我像傻子一样信了你。我很好奇，你有没有告诉米米你要去卡拉皮亚诺这件事？"

他本以为他们接下来会发生争吵，利维娅会绝望地痛哭。

"利维娅，你听我说……"

电话挂断了。

蒙塔巴诺起身走进浴室，脱掉衣服准备洗澡。他盯着浴室镜子中的自己看了很久，然后冲着镜子中的自己吐唾沫。他收拾完之后就关灯上床睡觉了。一听到电话铃响他就起来了，电话那端却没有声音，只有呼吸声。蒙塔巴诺知道是谁。

蒙塔巴诺开始说话，他自言自语了将近一个小时。虽然他没哭，也没流泪，但他的话语却和利维娅的抽泣一样伤心。他告诉她，他无法承认一些事情，他会为了让自己不受伤害而去伤害别人。他发现孤独有好处也有坏处，他因为自己在变老而感到伤心。利维娅只说了三个字：

"我爱你。"

电话挂断之前，她又说："我的度假还没结束。我会在这里待一天再去维加塔。你把日程都推了，把时间都留给我们自己。"

蒙塔巴诺躺到床上，没进被窝就睡着了。他像个小孩子一样轻快地进入了梦乡。

※

十一点，法齐奥来到蒙塔巴诺的办公室。

"长官，最新的消息您要不要听？佩莱格里诺在蒙特鲁萨国际旅行社买了一张到里斯本的票，航班时间是三十一号下午三点半。我给畔塔莱斯打了电话才知道。佩莱格里诺上了那趟飞机。"

"你相信吗？"

"为什么不信？"

"因为他很有可能将座位卖给了等座的其他人。另外，他来过维加塔办事处。他五点钟还在迈达斯国王联合公司办事处，所以他根本不可能坐那趟到里斯本的飞机。"

"这意味着什么？"

"这就是说，佩莱格里诺自以为很聪明，其实是个笨蛋。帮我办件事，到维加塔和蒙特鲁萨的每个旅馆和招待所去打听，调查佩莱格里诺三十号晚上是否在某个地方留宿过。"

"这就去。"

"还有一件事，向所有租车公司打听佩莱格里诺有没有在三十号晚上租过车。"

"为什么我们之前调查加尔加诺的下落，现在却调查起佩莱格里诺的下落了呢？"法齐奥十分疑惑。

"因为我敢肯定，只要找到他们其中一人，就会知道另一人的下落。你敢打赌吗？"

"不，长官，我再也不和您打赌了。"法齐奥走了出去。

然而，如果这次他答应了，没准儿真会赢。

警长感到饿极了，也许是因为他睡得太香了。他好长时间都没有睡过这么好的觉了。他和利维娅之间的问题已经处理好了，这让他感到很轻松，重新找回了自我。当卡罗杰诺念菜单的时候，他立刻打断了对方："今天我想点维也纳炸肉排。"

"维也纳炸肉排？"卡罗杰诺十分吃惊，如果不是靠在桌子上，他肯定会摔倒。

"你真的以为我要吃维也纳炸肉排吗？我开玩笑呢，那跟让一个佛教僧侣背天主教弥撒没什么区别。今天有什么好吃的？"

"墨汁意面。"

"给我来一些。还有什么？"

"小章鱼肉饺子。"

"来一份。"

当晚六点，法齐奥向他汇报了调查情况。

"长官，佩莱格里诺那天晚上好像没有在任何地方留宿。不过，他确实在三十一号早上从蒙特鲁萨租了一辆车，可当天下午四点就还了。负责借还车辆的女孩很精明，她告诉我，车的里程数相当于从这里到巴勒莫再回来。"

"没错。"警长说。

"哦，她还说佩莱格里诺明确提出要一辆后备厢宽敞的汽车。"

"这是自然，他需要地方放两个手提箱。"

他们两个安静地坐了会儿。"那个该死的家伙到底睡在哪儿了？"法齐奥突然大声地问道。

这话吓了警长一跳，他瞪着眼睛看法齐奥，然后突然在自己额头上拍了一巴掌。

"真是个傻瓜！"

"您在说什么？"法齐奥问，准备为刚才的话向他道歉。蒙塔巴诺起身从抽屉里拿出什么东西放到了自己口袋里。

"咱们走。"

# 10

蒙塔巴诺开车向着蒙特鲁萨的方向火速前进，好像后面有车在追赶他似的。他们开到通向佩莱格里诺新盖别墅的道路上时，法齐奥的脸变得僵硬起来，嘴巴崩住，眼睛直勾勾地盯着前方。车在大门前停了下来，门是锁着的。他们走下车，注意到坏掉的窗玻璃还没被换掉，不知是谁用图钉在外面钉上了一层塑料。墙上那些绿色的"混蛋"字迹已经被擦掉了。

"一定有人在里面，可能是他叔叔。"法齐奥说。

"谨慎些。"警长说，"打电话给局里，要贾科摩的电话号码，就是来警局报案的那个叔叔。然后给他打电话，告诉他你来这里调查，问他是不是他把塑料纸钉到窗户上的，再问他有没有他侄子的消息。如果打不通电话，我们再商量该怎么办。"

法齐奥打电话的时候，蒙塔巴诺径直走向横在地上的橄榄树。树叶已经开始掉落了，黄色的叶子杂乱地堆在地面上。它在不久前还生机勃勃，现在却成了毫无生气的木头。警长做了件怪事：他走到大概树中间的地方，耳朵贴在树上，就像在听某个人有没有心跳一样，就这样持续了好几分钟。他在做什么？看自己能否听到树汁流动的声音？他大笑起来，这是孟乔森男爵才会做的事：将耳朵贴在地上听草长的声音。蒙塔巴诺没有注意到远处的法齐奥。他的所作所为全被法齐奥看在眼里。这时，法齐奥走向警长。

"长官，我问了那个叔叔，的确是他将塑料纸钉在窗户上的。他的侄子只给了他前门的钥匙。他没有收到侄子在德国的任何消息，但他说他侄子应该马上要回来了。"法齐奥看着这棵橄榄树，摇了摇头。

"看看这场大屠杀！"蒙塔巴诺说。

"混蛋。"法齐奥故意用了警长写在墙上的词。

"现在你明白我为什么会大发脾气了吗？"

"您不需要向我解释。"法齐奥说，"我们下一步该怎么做？"

"我们进去。"蒙塔巴诺说着从小袋子里拿出许多撬锁工具和钥匙，这些都是一个窃贼朋友给他的。"你放哨，别让人看见我们。"

院子大门的锁很容易就被撬开了，撬开房门要更麻烦点儿，不过他还是撬开了。警长把法齐奥喊了过来。

他们走进去，眼前是一间空旷宽敞的起居室，厨房和浴室里也是空荡荡的。起居室中有一个用石头和木板搭成的楼梯通向楼上，还有两间宽敞的毛坯房卧室。第二间卧室外面的地板上铺着一条崭新的厚毛毯，上面的商标还没撕掉。浴室镜子下面的架子上有几个喷雾剃须罐和五个一次性剃须刀片，其中一个剃须罐和剃须刀片已经被人用过了。

"这就明白了，贾科摩从出租屋离开后来了这里，他就是躺在这条毯子上睡的。那他随身携带的两个手提箱会在哪里呢？"蒙塔巴诺说。

他们看了阁楼，又看了楼梯下面的小储物间，然而什么都没发现。他们关上门，又在房子周围转了转，发现房后有个小铁门，上面一半是用于通风的格子。蒙塔巴诺打开铁门，里面有一个存放工具的地方，那里有两个大手提箱。

他们通过狭小的入口费力地拖出了这两个箱子，箱子没有上锁。蒙塔巴诺和法齐奥一人提着一个，他们也不知道自己要找什么，所以随便翻了翻，里面有袜子、内裤、手帕、一套西服和一件雨衣。他们看着彼此，然后把东西都扔回了箱子，谁也没说话。法齐奥合不上自己那个箱子了。

"就那样放着吧。"警长对他说。

他们把箱子放回原处，锁上房门和大门就离开了。

"长官，我看这一切都说不通。"法齐奥在快到维加塔的时候说，"如果这个贾科摩要去德国那么远的地方，为什么连条换洗的内裤都不带？他不可能什么都买新的吧？"

"还有一件事也说不通。"蒙塔巴诺说，"我们连一张纸、一封信、一个笔记本、日程表都没有发现，你不觉得奇怪吗？"

警长一到维加塔就转向一条狭窄的街道，开离了警察局。

"您要去哪里？"

"我去看看贾科摩的女房东，你把车开回警察局，我办完事走着回去，不是很远。"

※

"什么事？"卡塔里娜夫人隔着门问道，气喘得像一条鲸鱼。

"我是蒙塔巴诺。"

门开了，卡塔里娜夫人探出头，发型看起来跟《美女与野兽》里那只野兽一样，一个个塑料卷发棒就像一个个煎饼卷。

"你不能进来，我穿的是家居服，不方便见人。"

"打扰了，卡塔里娜夫人，请原谅。我就问一个问题：贾科摩·佩莱格里诺有几个箱子？"

"我没告诉过你吗？两个。"

"没有其他的了？"

"还有一个公文包，非常小，放文件的。"

"你知道里面装的是什么文件吗？"

"你看我像是那种偷窥别人东西的人吗？你把我当成什么人了，八卦狂？"

"卡塔里娜夫人，我不是这个意思。我的意思是，如果公文包恰好是开着的，你可能会无意中扫一眼里面的东西。偶然的。你知道的，恰巧看到。"

"说实话，这种事情之前发生过一次。听我说，真的是偶然。我看到里面有许多文件，有写着数字的纸张、一些日程表，以及一些看着像是小磁盘的黑色东西。"

"移动硬盘？"

"对，就是那类东西。"

"贾科摩有电脑吗？"

"有，经常放在随身携带的一个专门的包里。"

"他的电脑有没有互联网连接？"

"警长，我可不懂这些东西。我记得有一次管道泄漏，我必须给他打电话，可是电话一直占线。"

"不好意思，夫人，你为什么不直接下楼找他？"

"你以为走楼梯很容易吗？对我来说，看我这体重……"

"抱歉，我没想到这方面。"

"嗯，我不停地打他电话，可是一直占线，所以我就走下楼敲他的房门。我本来跟加库铭说，也许是他没把听筒放好，但是他说线路忙是因为连着互联网。"

"我明白了。那么，他走的时候把公文包和电脑都带走了？"

"当然了，不然怎样，把它们留给我？"

蒙塔巴诺回到警察局，心情很糟糕。他本该感到欣慰，因为他猜对了，佩莱格里诺确实带着一些文件。但他并不因此而感到高兴。他一想到必须和电脑、磁盘、光盘之类的东西打交道就感到心慌和害怕，就像丁达利那桩案子一样。幸运的是，坎塔雷拉可以帮忙。

※

警长把与卡塔里娜夫人第一次和第二次的谈话内容都告诉了法齐奥。

"好。"法齐奥思考后说，"让我们假设佩莱格里诺逃到了另外一个国家。那么，第一个问题是：他为什么要这样做？他又没有直接插手加尔加诺的骗局，只有像已故的加祖洛先生那样的疯子会控告他。第二个问题是：他盖房子的钱是从哪里来的？"

"根据房子可以得出一个结论。"蒙塔巴诺说。

"什么结论？"

"佩莱格里诺想暂避一时。他知道自己迟早会回来——哪怕是偷偷回来，然后在小别墅里享受平静的生活。不然他为什么要盖房子？难道他没有预料到最近发生的事情会逼得他不得不逃跑，丢下房子不管？"

"还有一件事。"法齐奥接着说，"他会在出国时也带着各种文档、文件和电脑，这没有问题，可他永远也不会带着摩托车出国，就算是去德国。"

"给他叔叔打个电话，看看他有没有把摩托车留下。"

法齐奥出去几分钟后就回来了。

"没有，他没有把摩托车留给他叔叔。他叔叔不知道摩托车的任何事。长官，那个叔叔已经开始警觉了。他问我为什么对他侄子如此感兴趣。他看起来有些担心。他一直相信侄子是因为公务去了德国。"

"他叔叔现在不会再站在我们这边了。"警长揣测着说道。

他们感到很挫败。

"但是我们还能这样做。"警长停了一会儿后继续说，"你明天早晨到维加塔的所有银行转转，找到佩莱格里诺存钱的那家银行，肯定和加尔加诺存钱的银行不一样。如果你在银行有朋友的话，打听一下佩莱格里诺一共有多少钱，是不是有工资以外的收入，等等。最后，那个看见飞碟和三头海怪的家伙是谁？"

法齐奥的表情很疑惑。

"他叫安东尼诺·托马斯诺。长官，我提醒您，那家伙是个胡言乱语的疯子，他的话不能当真。"

"法齐奥，一个人在自己病入膏肓，就连医生也束手无策时会怎么办？为了逃避死亡，他很可能会变成一个男巫、一个魔术师，或者一个江湖骗子。在这样的夜晚，老兄，有关这件案子的调查，我们就像站在死亡的关口。把他的电话号码给我。"

法齐奥出去拿了一张纸回来了。

"这是他自己的证词，里面没留电话。"

"那他至少有一个家吧？"

"是，他有家。可是去他家的路不好走，需要我帮您画张地图吗？"

※

他打开家门，信箱里有一个信封，他认出是利维娅的字迹。信封里面没有信，只有一张剪下的报纸，是一篇采访，受访者是一位住在都灵的老哲学家。蒙塔巴诺感到很惊奇，还没去看阿德莉娜的侄女在冰箱里给他准备了什么，他就决定先读一下报纸。哲学家谈论了自己的家庭，其中有一点最为深刻："当你老了，亲密情感要比任何理念都重要。"

他没有了胃口。如果对于一个哲学家来说，思考理念还不如亲密情感重要，那么对于步入人生黄昏的警官来说，犯罪调查又有多大意义？他知道，他必须承认这样的事实：一次调查甚至不如一个理念有意义。他睡得很不好。

※

　　第二天一早，蒙塔巴诺六点就走出了家门。天气不错，天空明亮，没有什么风。他把法齐奥画的简易地图放在副驾驶座位上，时不时地查看一下。是托马斯诺·安东尼诺，还是安东尼诺·托马斯诺？不管他叫什么，这个人住在蒙泰雷亚莱附近的一个乡村，距离维加塔不是很远。关键在于选择正确的路线，因为一不小心就会迷路。途中一棵树都没有，全是坑坑洼洼的沙地！道路脏兮兮的，上面还有山羊蹄子和拖拉机履带的印记，周围多是茅屋，少有几栋砖房。看得出来，为了避免一夜之间沦为城市边缘地带的贫民窟，当地人做了很多努力，但终归还是徒劳：为自来水总管预备的沟渠、光秃秃的路灯柱和电线杆，还有已经过气的四排道公路路基。他在沙地里开进开出了三四次，每次都是回到原点，法齐奥的地图画得太模糊了。蒙塔巴诺知道自己迷路了，于是径直开向一栋农舍。他停车走了下去，发现门是开着的。

　　"有人在吗？"

　　"进来。"是一个女人的声音。

　　这是一个餐卧合一的单间，显然有人精心收拾过，一切都很整洁，家具虽然看着很旧，但是擦得很干净。女人六十岁上下，正喝着咖啡，身着灰色衣服，打扮很有气质。桌子上的咖啡壶还冒着热气。

"夫人，我要跟您打听一个人，安东尼诺·托马斯诺先生住在哪里？"

"就住在这里，我是他的妻子。"

警长之前以为托马斯诺是个流浪汉或者农民，一个怪人，没想到还有这样一位妻子。

"我是蒙塔巴诺警长。"

"我认出你了。"她点着头，看着角落里的电视机，"我去把我丈夫叫来。你可以先喝些咖啡，很浓的。"

"谢谢。"

她倒了杯咖啡给他，离开后马上就回来了。

"我丈夫问你是否介意过去找他。"

警长跟着她走过一条白色走廊，她示意他进入左手边第二道门。里面是书房，高高的书架上摆着许多书，墙上还挂着航海地图。一个男人从扶手椅上站起来向警长问好。他看着也是六十岁左右，身材高大笔直，一头漂亮的银发，身穿高级正装，戴着眼镜，气度非凡。蒙塔巴诺之前一直以为他是个口角流涎的疯子。他怀疑自己是不是搞错了。

"您是安东尼诺·托马斯诺？"他还想再加一句，问他是不是那个胡言乱语说自己看到过猛兽和飞碟的疯子。

"是我，您一定是蒙塔巴诺警长，请随便坐。"

他在一把看着很舒适的扶手椅上坐了下来。

"乐意为您效劳，我能帮您什么？"

警长终于等到了这个问题。怎么措辞才不会冒犯托马斯诺先生？托马斯诺看起来精神正常得很。

"最近读什么书呢？"

警长一说出这句话就感觉自己很白痴，脸顿时红了。托马斯诺笑了起来。

"我正在读《罗吉尔之书》，作者是中世纪阿拉伯地理学者穆罕默德·伊德里西。您来这里不是要问我在读什么书吧？您来是要问我大概一个月前的一个晚上我看见了什么，我猜警察们一定是改变了想法。"

"对，谢谢。"蒙塔巴诺十分感激对方先提到了这件事。这个人不仅正常，而且有修养、有文化、有智慧。

"谈这件事之前，能否说说您听到别人是怎样议论我的呢？"

蒙塔巴诺感到十分尴尬，觉得还是实话实说好些。

"他们说您经常看到一些并不存在的东西。"

"警长，您是个好人。换句话说，他们说我就是个疯子。虽然我向来依法纳税，从无淫秽暴力情节，不曾威胁他人，亦不曾虐待妻子，但还是个疯子。您说的对，我经常看到一些别人看不到的东西。"

"容我插一句，"蒙塔巴诺说，"您是做什么的？"

"您是说我在哪里上班？我过去是蒙特鲁萨一所中学的地理老师，但是几年前退休了。我讲个故事给您听怎么样？"

"好。"

"我的孙子米歇尔今年十四岁了。大约十年前，我儿子带着媳妇和孙子来这里玩。我很高兴他们现在还是每年都来。那次，我和米歇尔一起去外面玩。米歇尔突然尖叫起来，说院子里都是凶残的恶龙。我也跟着他喊起来，假装害怕的样子。米歇尔被我的样子吓到了，他安慰我说：'爷爷，院子里没有什么龙。您别怕，我是编着玩的。'警长，这件事已经过去好多年了。我现在就跟小孙子一样，脑子有的时候莫名其妙地退回到了稚童的水平。我把看到的东西当成真的，信以为真好长时间，后来想起来又意识到并非实存。不知道我有没有讲清楚？"

"十分清楚。"警长说。

"您能告诉我，他们说我看到了什么吗？"

"三头海怪和飞碟。"

"只有这些吗？他们没说我还看到一群长着翅膀的锡鱼在一棵树上歇息？还有一次，一个矮个子金星人来到我家厨房，问我要一根烟？就说到这里吧，不然就偏离主题太远了。"

"也好。"

"我们现在回顾一下我刚刚说的。三头海怪、飞碟、长着翅膀的锡鱼、矮个子金星人。您同意我说的这些都不是真的吗？"

"当然。"

"如果我跟您说，我在一天晚上看到一辆这样或那样的车，您为什么不相信我呢？世界上没有汽车这东西吗？是我脑子里幻想出来的东西吗？我要说的是，我看到了最常见的东西：一辆汽车，它有四个轮子、一个牌照，还有注册记录，我可不是在讲可以飞向火星的小摩托！"

"请带我去看看您见到加尔加诺汽车的地方。"蒙塔巴诺说。

蒙塔巴诺确定自己找到了一位重要的目击者。

# 11

就警长在屋内这一会儿，风云已然突变。外面刮起了刺骨的寒风，一阵一阵，像是猛兽的利爪。浓厚的云团也从海上不断聚集。按照托马斯诺先生指示的方向，蒙塔巴诺驾车前往，同时试着让托马斯诺讲得更清楚些。

"您确定那是八月三十一号晚上？"

"我愿以性命担保。"

"您怎么如此确定？"

"我记得我当时还在想，第二天就是九月一号了，加尔加诺该向我付红利了，然后突然看见了他的车，这令我非常惊讶。"

"不好意思，先生，您也中了加尔加诺的骗局？"

"是的，我当时太蠢了，竟然相信了他。三千万里拉，都被他骗了。但看见他的那一瞬间，我确实大吃一惊，可我也很高兴，因为我觉得那表明他会遵守诺言。但第二天早上，有人告诉我，他根本没有现身。"

"为什么看见他的车会让您吃惊？"

"有很多原因。首先是地点。我们到那儿以后，您也会感到惊讶。那地方叫皮齐洛角。然后是时间，当时肯定已经过了午夜。"

"您看了时间吗？"

"没有。我没戴手表。白天，我根据太阳判断时间；晚上，我会闻夜气判断。我有自己的生物钟。"

"您是说夜的味道吗？"

"没错。夜的气味是会随时间变化的。"

蒙塔巴诺没有继续问下去。他说："或许当时有其他人和加尔加诺在一起，也有可能是他们想单独待在一起。"

"蒙塔巴诺警长，这地方太偏僻了，不怎么安全。难道您忘了两年前一对年轻夫妻在这儿遇袭了吗？我当时的想法是，以加尔加诺的财富、身份和形象，他为何非要像个普通人一样蜷缩在车里呢？"

"那我问问您，您完全可以不回答。像您说的，晚上的那个时间，您又在这么偏僻的地方做什么呢？"

"我喜欢在晚上散步。"

蒙塔巴诺没有再问问题了。大约五分钟的沉默之后，退休教师说："我们到了，这里就是皮齐洛角。"

他先下了车，警长跟在后面。他们到了一块狭小的高地上，那里像是一艘船的船首，一片苍凉，连棵树都没有，只有几丛狗尾草和刺山柑。边缘大概在十米之外，再远处是峭壁，底下是大海。

蒙塔巴诺迈了几步后被托马斯诺叫住了。

"小心点儿。地软得很，有滑坡。加尔加诺的车当时就停在您现在站的地方，相同的位置，后备厢朝着大海。"

"您是从哪个方向走过来的？"

"从维加塔那边儿。"

"那很远啊。"

"没有看起来那么远。从这儿到维加塔，步行需要四十五分钟，最多一小时。我从那个方向过来，实在没得选，只能绕过车头走五六步。要是想避开它，我就得朝内绕一个大圈。可我为什么要那么做呢？就这样，我认出了那辆车。当时月光很亮。"

"您看见车牌了吗？"

"您开玩笑呢？我得把脑袋贴上去才能看见号码。"

"但如果您没看见车牌号，您怎么能……"

"我认出了车的型号，是一辆阿尔法一六六。跟他来我家骗钱时开的车一模一样。"

"您开什么车？"警长想了想问道。

"我？我连驾照都没有。"

折腾了一晚上，生了个姑娘。蒙塔巴诺心里有些失望。托马斯诺是个疯子，不仅能看见不存在的东西，就算是看见了实际存在的东西，也会由着自己的性子评判。风更冷了，天空乌云密布。警长浪费时间在这荒凉的地方做什么呢？退休教师肯定也注意到了警长的失望。

　　"听着，警长。我有个癖好。"

　　噢，天哪，又来一个癖好？蒙塔巴诺有些焦虑了。如果这家伙现场发疯，开始喊自己亲眼见到了路西法，那该怎么办？自己该怎么应对？假装什么事都没发生，还是钻进车里马上逃走？

　　"我是个车迷。"托马斯诺继续说道，"我订阅了国内外大量的汽车杂志。我没准儿能上电视问答节目呢。如果主题是汽车，我肯定能赢。"

　　"车里有人吗？"警长问。现在，他已经完全顺着托马斯诺天马行空的思路说了。

　　"您想啊，我说了，从那边过来，我能看见车的轮廓，但是，恕我直言，时间非常短。然后我走上近前，直到能看清里面是否有人。我没有看见任何人。也可能是车里的人看见有人影靠近，缩到了里面。我没有回头看，径直走过去了。"

　　"整个过程，您听见过车发动的声音吗？"

　　"没有。但我认为，请注意，这只是个感觉，车的后备厢是开着的。"

"后备厢附近有人吗？"

"没有。"

蒙塔巴诺有了一个想法，非常简单的想法，简单得几乎令人尴尬。

"托马斯诺先生，您能往远处走大概三十步，然后再朝着我的车走过来吗？和那天晚上一样的路线。"

"当然。"托马斯诺说，"我喜欢走路。"

退休教师向远处走的时候，蒙塔巴诺打开了后备厢，蹲伏在车的后面，只抬起头，以便能透过后窗看见前方，他看见托马斯诺走完三十步的最后几步后，转过了身。那时，他将头伏下来，隐藏好自己。当托马斯诺走到车前时，他就趴在车的后面，其间一直蹲伏着。托马斯诺走过去之后，由于他说自己那天并没有回头，警长又挪到车的另一边，然后站起身来。

"好了，托马斯诺先生。谢谢您。"

托马斯诺的表情中流露着不解。

"您刚才藏哪儿了？我看见了敞开的后备厢，但车里是空的，我完全没看到您。"

"您从那边走过来，加尔加诺看见了您的影子……"

他打住了。忽然，天空像是睁开了一只眼睛。一个小洞，一条云间的缝隙出现在规则的乌云团中。透过缝隙处，一束强光直射下来，照在他们站立的位置，几乎形成了一个光圈。蒙塔巴诺忍俊不禁：他们看起来仿佛宗教画里被圣光照亮的圣父和圣子。就在那时，他注意到了一样特别的东西，就像剧院里的聚光灯专门照向它一样。他感觉到一阵寒意，从脊椎向下延伸至全身，脑袋里开始出现非常熟悉的钟声。

"我开车送您回家。"他对托马斯诺说，而托马斯诺还满脸疑惑地看着警长，等着他继续解释。

※

把退休教师送回去后——好不容易才克制住拥抱他的激情，警长急忙回到刚才的地方。在此期间，并没有其他车辆来过这里。他将车停稳后，下了车，盯着脚下的地面，极慢地走着，每一步都很小心，一直走到悬崖边上。光线已经消失了，不能像夜里的闪光灯一样照亮周围的黑暗了。但现在，他知道自己该寻找什么了。

之后，为了看清脚下的情况，他小心地向前靠了一下。高地底部是白垩，上面是土层。下面光滑洁白的白垩峭壁笔直地插入海中，水深至少有十米。水是黑灰色的，和天空的颜色一样。他不想再浪费时间了。为了确定几个固定的参考点，他把周围的情况察看了一遍、两遍、三遍，然后回到车里，快速开往警局。

※

法齐奥并不在警局，而米米却出人意料地在局里。

"贝巴的父亲现在好些了。我们决定将婚礼推迟到一个月之后。有什么新的进展吗？"

"有，米米。很多。"警长全都告诉了他。听完后，米米目瞪口呆地坐在那里。

"接下来怎么办？"最终，他说话了。

"给我弄艘马达好点儿的快艇。天气是不太好，但我要一个小时之内到现场。"

"听着，萨尔沃。这会让你心脏病发作。暂时先放一放。今天的水肯定冰凉。另外，非常抱歉地说，你已经不是个小伙子了。"

"给我找快艇，别坏了我的事。"

"你至少得穿个潜水服、背个氧气罐吧？"

"我家里应该有套潜水服。但我从来没用过氧气罐。没有它我也能潜水，只要屏住呼吸就行。"

"萨尔沃，要是放在以前，你确实能憋气下水。可这么多年以来，你一直在吸烟。你不了解你的肺吗？说真的，你觉得自己能在水下待多长时间？说多点儿，能有二十秒吗？"

"胡扯！"

"你把吸烟看成胡扯？"

"别跟我扯吸烟的事了。抽烟当然有害。但在你看来，雾霾不算事儿，高压电线也不算什么，贫铀有益健康，大烟囱也是有好处的，切尔诺贝利事件带来了农业丰收，含铀的鱼——不管含的是什么——对你都是有益的，二噁英提神醒脑，疯牛病、口蹄疫、转基因、全球化都带你走上人生巅峰；唯一导致数百万人丧生的东西就是二手烟。你知道明年的新标语是什么吗？吸可卡因，保护大气环境。"

"好啦，好啦。冷静一下。"米米说道，"我会给你找艘快艇，但要答应我一个条件。"

"什么条件？"

"把我也带上。"

"做什么？"

"不做什么。我只是不想让你自己去。我不放心。"

"好吧，两点钟到码头。我要空腹。不要告诉任何人我要去什么地方。我是认真的。如果我出现什么差错的话，整个警局的人都会笑话我的。"

※

此时，海平面尚未平静，蒙塔巴诺知道在快艇内穿潜水服是多么困难的事。米米在前方掌舵，看起来非常紧张焦虑。

"晕船了？"警长问他。

"没有，只是厌恶我自己。"

"为什么？"

"因为我时不时就会想到，我真是个蠢蛋，竟然照着你的馊主意做。"

这是他们之间唯一的对话。之后，他们一直保持沉默。他们试了好几次，最后总算到了那天上午蒙塔巴诺所在高地前方的水域。白色的岩石没有一丝的坡度和凹凸，笔直地伸出海面。

米米阴郁地看着警长。

"要知道，我们有可能会撞向那块礁石。"他说。

"嗯，那就好好开，别撞上。"这是警长唯一能给予他的宽慰。这时，他的身体已经开始下水了，肚子摩擦着快艇的边缘。

"你看起来不是很自信。"米米说。

蒙塔巴诺瞪着他，自己确实无力潜入海中。他左右为难。一方面，他很想下水，看看自己的身体是否精壮依旧，另一方面，喊停的冲动同样强烈。当然，天气真是糟透了：外面太黑了，就像夜晚一样，风也更冷了。最终，他下定了决心，他可不想在奥杰洛面前放弃，丢了面子。于是，他松开了手。

马上，他就发现自己身处黑暗中，穿不透的黑暗使他不能判断自己的身体在水里是什么姿势。他是水平的还是竖直的？这时，他想起半夜从床上惊坐起来的感觉：分不清自己在哪儿，不知道怎么去找平日的标记物——窗户、门或天花板。他退到一处硬物附近，沿着它移动。他又用手摸到了黏糊糊的东西，觉得那东西包住了自己，他挣扎一番后才脱离。之后，他惊慌地做了两件事：抵御袭来的莫名的害怕，以及抓住腰上的手电筒。最后，他打开了手电筒，但却没有看见光束，这让他很害怕。这玩意儿坏了。一股强大的水流开始将他卷入水底。

我为什么非要搞这种特技表演？他绝望地问自己。

害怕变成了恐慌。他无法控制住自己，快速游到了水面。他的副手正趴在快艇边上，伸头观望着，结果脸被冲上来的警长的脑袋撞了个正着。

"你差点儿把我的鼻子撞骨折了！"米米揉了揉鼻子说。

"那就躲开。"警长抓住快艇，反驳道。他还是看不见任何东西。难道已经是夜晚了？他只能听见自己的喘息声。

"你把眼睛闭上了？"奥杰洛关心地问。

警长这才意识到，自己在水下的时候一直闭着眼睛，固执地抵触着这次行动。他睁开眼，打开手电筒检查了一番。手电筒没问题。他坐了几分钟，一直在心里骂着自己。心跳恢复正常后，他再次沉入水中。现在，他变得镇静了。刚才的恐惧一定是因为刚接触水，所以有点儿慌，纯属自然反应。

到了水下近五米的地方，他把手电筒对准了更深的地方，然后打开了它。他不敢相信自己眼前所见，于是，他关了手电筒，慢慢地数了三下，然后再次打开了手电筒。

他又往下潜了三到四米，发现在白垩石壁和一块白色海岩之间夹着一辆汽车残骸。一阵突然袭来的情绪让他把肺部的空气全都呼了出来。于是，他急忙浮到水面。

"发现什么东西没？石斑鱼？鲭鱼？"米米挖苦道，手里拿着一块湿手绢捂在鼻子上。

"我中头奖了，米米。车就在下面，不是从悬崖上被撞下去的就是被人故意推下去的。早晨，我看见轮胎印一直延续到悬崖边，绝对没错。我要再下去看看，之后我们就回去。"

※

米米有些先见之明，带了一个塑料袋，里面装着毛巾和一瓶没开的威士忌。他并没有问任何问题，只是默默地看着警长脱掉潜水服，拧干了，然后穿上衣服。他一直等到上司拿起酒瓶，痛饮一番。之后，他自己也喝了一大口。终于，他问了问题：

"海底两万里，你都看到什么了？"

"米米，你是个聪明人。你不想承认，我已经把你远远地甩在了后面。你小看了这起案子，你亲口跟我说过。现在，我超过你了。把酒瓶递过来。"

警长痛饮了一番，把瓶子递给奥杰洛，奥杰洛也是一番

144

豪饮。但很明显，在蒙塔巴诺说了那些话之后，他喝得不那么痛快了。

"那你看到了什么？"米米又问了一次，这次听起来很怯懦。

"车里有具尸体，腐烂严重，我认不出是谁。车门可能受到冲击后打开了，所以水下可能还有另外一具尸体。后备厢开着。你知道里面有什么吗？一辆摩托车。这回你知道了吧？"

"我们现在怎么办？"

"案子不归我们管。我会告诉相关负责人。"

※

两个人从快艇里走了出来。毫无疑问，他们就是萨尔沃·蒙塔巴诺警长和他的副手米米·奥杰洛警官，大名鼎鼎的法律捍卫者。不过，任凭谁看到他们现在的样子都会吃上一惊：他们手挽着手，蹒跚前行，轻声对唱着《女子皆善变》。

※

"你好，是瓜尔诺塔吗？"警长问道，声音像是得了重感冒。

"你是找瓜尔诺塔警长吗？"

"嗯。"

"你是谁？"

"雅鲁泽尔斯基上将。"

"我立即让他接电话。"话务员吃惊地说。

"你好,我是瓜尔诺塔。我其实不清楚你是谁。"

"听着,警长,仔细听好了。别问任何问题。"

这段对话含糊不清,持续了很长时间。但最后,蒙特鲁萨中央警局的瓜尔诺塔警长明白了,他收到了一个匿名的波兰人提供的重要线索。

※

时间到了晚上七点,警局没有人见过法齐奥。蒙塔巴诺拨通了记者朋友尼科洛·齐托的电话,电话接到了自由频道录音棚。

"你要不要过来拿安娜丽莎给你的录像带?"齐托问道。

"什么录像带?"

"有关加尔加诺的录像带。"

他已经忘得一干二净了,但假装就是为此事而打的电话。"如果我半小时内到,你会在吗?"

他到达自由频道时,齐托办公室的门是开着的。记者正等在里面,手里拿着录像带。

"快点儿,我正忙着呢。我还得准备今晚的播报。"

"谢谢你,尼科洛。我还有事要跟你说!从现在开始,盯住瓜尔诺塔。另外,如果可以的话,把我插进节目里去。"

尼科洛马上不忙了，而是竖起了耳朵。他知道，蒙塔巴诺的一个字比三小时的演说更有价值。

"为什么？出事了？"

"是的。"

"和加尔加诺有关？"

"可以这么说。"

※

在圣卡罗杰诺餐馆内，警长胃口大开，甚至连常看他吃饭的店主都觉得惊讶。

"怎么了，警长？你的胃是没了底啦？"

他回到马里内拉的家中，沐浴在快乐的心情中，但并不是因为他发现了汽车。现在，他一点儿也不关心汽车的事。他高兴的是，自己居然还能进行潜水这样的高难度活动，还不用依靠任何特殊装备。他自豪极了。

"我倒想看看，有多少小伙子能做到刚才那些！"

噢，对了！为什么脑中会出现这样阴暗的想法？高兴得太早了！

就在他把带子插进录像机时，带子掉到了地板上。他想弯腰捡起来，身体却僵住了——他的背部抽筋，动弹不得。

岁月不饶人。阴霾再次笼罩在了他的头脑之上。

# 12

他听到的是电话铃声，而不是小提琴大师卡塔尔多·巴贝拉的天籁。大师刚才在梦中告诉他："听听这首小协奏曲吧。"

睁开眼后，他看了看钟表，时间是早上七点五十五分。

他很少醒得这么晚。起床后，他惊喜地发现后背的疼痛感消失了。

"你好？"

"嗨！我是尼科洛。我要在八点的新闻节目中现场直播。看看吧。"

他打开电视机，调到自由频道。开场名单过后，屏幕上出现了尼科洛的面孔。他简短地介绍说自己身在皮齐洛角，因为蒙特鲁萨警局接到了一名波兰将军的电话线索，将军认为有辆车从这儿坠入了海中。敏锐的直觉让瓜尔诺塔警长认为，它可能是失踪的会计师埃马努埃莱·加尔加诺的阿尔法一六六。所以，他立即安排人将车从水中捞出来。目前，打捞工作尚未完成。镜头切换，屏幕中是悬崖底部的一片水域。

齐托解释说，车就在水下近十米的地方，准确地说，它卡在了悬崖和一块巨石中间。摄像人员把镜头拉了回来，一艘带有起重设备的浮船和许多摩托艇、橡皮救生艇、渔船出现在屏幕中。齐托补充道：打捞可能需要一整天的时间，但潜水员会设法从汽车残骸中捞出尸体，带回地面。镜头又切换了：一具尸体躺在渔船甲板上，一个男人蹲在旁边。那个人就是帕斯夸诺法医。

记者问道："打扰一下，医生。在你看来，这个人是坠崖致死，还是坠崖前已被谋杀？"

帕斯夸诺（几乎没有抬头）："滚一边儿去。"

还是以往的作风。

"现在，让我们听听案件调查负责人的看法。"尼科洛说。

这些人像室外家庭合影一样聚拢在一起：博内蒂·阿德里奇局长、托马塞奥检察官、取证组主任阿克和调查负责人瓜尔诺塔警长。所有人都面带微笑，像是在郊游，危险地站在悬崖边上。蒙塔巴诺努力驱赶着脑中邪恶的想法。尽管如此，如果能看到蒙特鲁萨警局的局长在镜头前活生生地消失，那可真是一出好戏。

局长感谢了每一个人在行动中的高效与忠实，上至上帝，下至法警。托马塞奥宣称，所有与性相关的动机都已排除，所以，自己对这件案子丝毫不关心。实际上，他并没有把后面这句话说出来，但光看面部表情就已经很明显了。取证组主任阿克看了一眼说这辆车在水下待得有一个月的时间了。说话最多的是瓜尔诺塔，但幸亏优秀记者齐托在场，他已经意识到，要是自己再不来提问救场，这期节目就算是一烂到底了。

"瓜尔诺塔警长，车内的尸体已经得到确认了吗？"

"目前还没有官方的确定消息，但我认为，这具尸体很有可能就是贾科摩·佩莱格里诺的。"

"车里只有他自己吗？"

"现在还不好说。车里只有一具尸体，但我们也不能排除另一人在水的冲击下被甩出车外。我们的潜水员正在积极地对整片水域进行搜索。"

"这第二个人会是埃马努埃莱·加尔加诺吗？"

"有可能。"

"车子坠落时，贾科摩·佩莱格里诺是活着，还是之前已经遇害？"

"这就要看尸检报告了。但你得明白，这个案子并非一定就是谋杀，可能只是一起不幸的事故。你也看见了，这附近的地形，非常……"

他还没说完，摄影师已经把镜头移走，捕捉现场画面去了。就在这群人身后，一大块土地崩塌坠入海中。就像是精心排练的芭蕾舞一样，所有人都叫喊起来，一起往前跳了一下。蒙塔巴诺从扶手椅上跳起来，就像他看《夺宝奇兵》那样的冒险电影时那样。所有人都转移到安全地带后，齐托继续进行采访。

"车里发现其他东西了吗？"

"我们尚未搜索全车。但在距车非常近的地方发现了一辆摩托车。"蒙塔巴诺竖起了耳朵，但节目在此时结束了。

这是什么意思？离车非常近？他可是亲眼看见那辆摩托车放在后备厢内。这是怎么回事？只能有两种解释：要么有潜水员毫无缘由地挪了位置，要么就是瓜尔诺塔明知道是错的还故意这么说。但若是后者，他的目的又是什么呢？难道瓜尔诺塔对事情有自己的理解，想要按照自己的想法把事情串起来？

电话响了。又是齐托打来的。

"节目还喜欢吧？"

"是的，尼科洛。"

"谢谢你让我有机会报道这样的热门事件。"

"你有没有从瓜尔诺塔的想法中领悟到什么？"

"他的说法没有问题，因为瓜尔诺塔不会隐瞒自己的看法，他讲得很清楚。但节目录制之前，他说他觉得现在就发布公开声明为时尚早。在他看来，加尔加诺是招惹了黑手党，直接或者间接地抢了他不该触足的地盘——把黑手党成员的钱据为己有。"

"但可怜的佩莱格里诺又是怎么掺和进来的呢？"

"佩莱格里诺运气不好，出现的时机不对。请注意，这也是瓜尔诺塔的推测。黑手党把他们都杀了，装进车里，再把车丢进海里。先杀人后弃车与弃车杀人没有什么区别——他们把摩托车也扔到了水里。据推测，我们应该会在车附近找到加尔加诺的尸体，那只是时间问题，除非水流把他冲到了很远的地方。"

"你相信他的故事？"

"不相信。"

"为什么？"

"你告诉我，在晚上那个时间，佩莱格里诺和加尔加诺在那么偏僻的地方做什么？只有野合的人才会去那里。据我所知，加尔加诺和佩莱格里诺并不是……"

"那你知道的还远远不够。"

尼科洛发出了吮吸的声音，气息突然变短。"你是在告诉我……"

"欲知详情，请于上午十一点来维加塔警局。"蒙塔巴诺说，模仿着百货商店广播里的声音。

※

他刚挂断电话，心里就想到要做些什么。于是，他穿好衣服，没来得及洗漱剃须就出去了。几分钟后，他开车来到了维加塔，到达迈达斯办公室门前时发现门还关着，他终于感觉平静了一些。把车停好后，他待在车里等着。后来，在后视镜里，他看到了一辆黄色的菲亚特五零零出现在自己后面。那辆车在他前方不远处找到了停车位。玛利亚斯特拉·科森迪诺款款地从车里走了出来。她走上前打开了迈达斯国王联合公司的前门。警长等了几分钟后，也进去了。玛利亚斯特拉已经坐在工位上了，一动不动，像一尊雕像，右手放在电话上，等着一通来电，一通或许永远都不会发生的来电。她还不想放弃。她没有电视，或许也没有朋友，所以很可能还不知道人们已经找到了佩莱格里诺的尸体和加尔加诺的汽车。

"早上好，女士。今天感觉怎么样？"

"还不错，谢谢你。"

通过声调，警长就已知道，对于事情的最新进展，她还一无所知。现在，他要小心谨慎地打好手中的牌，不然玛利亚斯特拉会比往常更不愿多谈。

"你听到消息了吗？"他开始了。

什么？小心谨慎呢？这开场白比坎塔雷拉还要莽撞唐

突！事已至此，开弓没有回头箭。听到他的问题，玛利亚斯特拉唯一的反应就是把目光转移到了警长身上。但她没开口，也没问任何问题。

"他们找到了贾科摩·佩莱格里诺的尸体。"

上帝啊，你就不能有点儿反应吗？

终于，玛利亚斯特拉动了动，从无生命的物体变回了有生命的人。她慢慢地把右手从听筒上移开，然后和左手一起做出祈祷的手势。她的眼睛瞪得很大，怀疑，还是怀疑。蒙塔巴诺觉得她很可怜，把答案告诉了她。

"他没在那儿。"

玛利亚斯特拉的眼神恢复了正常。她的右手像是与静止不动的身体分离了似的，又缓缓地放到电话上，开始了等待。

莫名的愤怒侵袭了蒙塔巴诺。他把头伸进窗口，与这个女人面对面。

"你应该非常清楚，他再也不会打电话了。"他嘶嘶地嚷道。

他觉得自己是条非常危险的蛇，一种你想敲碎它脑袋的蛇。他愤怒至极，快速走出了办公室。

※

他一进警局就拨通了蒙特鲁萨警局帕斯夸诺法医的电话。

"你想做什么，蒙塔巴诺？为什么要来烦我？据我所知，你的地盘上并没有发生谋杀案。"帕斯夸诺说道，还是跟往常一样"礼貌有加"。

"这么说，佩莱格里诺并不是被谋杀的了？"

"你从哪儿听到的这些胡说八道？"

"从你那儿啊，医生，就在刚才。如果你不能证明是这样，那发现加尔加诺汽车的地方就是我的辖区。"

"是，可案件调查并不由你负责，而是由那个天才瓜尔诺塔负责！另外，你还应该知道，那小子是面部中枪死亡的。目前，我不能也不会再说其他的了。你如果想知道尸检结果，就在这几天拿报告文件去吧。再见！"

电话响了。

"我该怎么做呢，给您转接电话？"

"坎塔，你不告诉我是谁的电话，我怎么知道该不该接它？"

"说得没错，长官。但问题是，打电话的人希望匿名，我的意思是，她不想让我告诉您她的名字。"

"给我转过来。"

"你好，爸爸？"

是米歇尔·曼格纳洛打来的，那个婊子，声音很沙哑。

"你有什么事？"

"我今天早上从电视上看到了那个消息。"

"你是那么早起的人吗？"

"不是，但我要收拾行李，今天下午要去巴勒莫参加考试，会离开一段时间。走之前我想见见你，有事要跟你说。"

"来警局吧。"

"不，我不想去，因为我可能会遇到些令人扫兴的人。我们去树林里你特别喜欢的那个地方吧？如果可以的话，十二点半在我家外面等我。"

※

"你确定是这样？"尼科洛·齐托问道。他十一点整就出现了。"我从来没怀疑过。我都采访过他三四次了。"

"我看了录像带。"蒙塔巴诺说，"从他的说话方式和行动上看，你不一定能确定他是同性恋。"

"你看见了？谁告诉你的？这难道不是人们散播的闲话吗？这只是因为……"

"不，这消息来源可靠。是一个女人说的。"

"佩莱格里诺也是？"

"没错。"

"你觉得他们之间有事吗？"

"别人是这么告诉我的。"

尼科洛·齐托思考了一会儿。

"但那也改变不了什么，一点儿都改变不了。他们可能是这场骗局的共谋。"

"有可能。我只想告诉你，让你留心，事情可能并不像瓜尔诺塔说得那么简单。还有一件事，确认一下他们发现摩托车的具体位置。"

"瓜尔诺塔说……"

"我知道瓜尔诺塔说了些什么。我要知道的是，这是否符合事实。因为如果真是在汽车附近发现的摩托车，那就意味着潜水员移动了它的位置。"

"那它原来在哪儿？"

"在后备厢里。"

"你是怎么知道的？"

"我亲眼看见的。"

尼科洛目瞪口呆地看着他。

"你就是那个波兰上将？"

"我从没说过我是波兰人或者是上将。"蒙塔巴诺严肃地申明道。

※

婊子，没错，但却是一个漂亮的婊子，甚至比上次还要漂亮，可能是因为流感好了。她钻进车，大腿在风中欢快地抖着。蒙塔巴诺驶上了右手边的第二条路，然后向左拐到一条土路上。

"路记得很清楚啊。你之后又来过这里吗？"米歇尔问道。这时，树林已经出现在视野中了，这是她第一次开口讲话。

"我记忆力很好。"蒙塔巴诺回答说，"你见我有什么事？"

"拜托，你着什么急？"女孩儿说道。

她像猫一样伸展了一下身体，手腕交叉放在头上，胸口向后弯了弯。她的衬衫看着像是要崩开一样。

对她来说，胸罩穿上去就像紧身衣一样，警长心想。

"烟。"

就在他给她点烟时，他问道："你要考什么试？"

米歇尔开怀大笑，笑得太厉害了，在香烟的云雾中咳嗽起来。"如果还有富余时间的话，我没准儿会去考一场。"

"如果你还有富余时间的话？你还有什么其他的事情要做？"

米歇尔没有正眼看他，眼睛欢快地眨着。这个表情比长篇大论还要意味深长。警长愤怒极了，脸都涨红了。毫无征兆，他用右臂搂住米歇尔的双肩，将她紧紧地拥到自己怀里，又粗鲁地把另一只手滑向了她的腿间。

"放开我！放开我！"女孩突然喊了出来，几乎是歇斯底里地喊道。挣脱警长后，她打开了车门。她是真的生气了。她下了车，但并没有走开。蒙塔巴诺还在座位上，看着她。突然，米歇尔笑了出来，又把车门打开，坐到警长旁边。

"你是个聪明人。"她说，"你这出荒诞剧演得真不错。我该让你演下去的，看你还有什么手段。"

"我会像上次一样。"蒙塔巴诺说，"就像你亲我那样。但无论怎样，我知道你会那么做。你就真的喜欢这么撩拨人吗？"

"当然。你不也喜欢假正经嘛。咱们两清了吧？"

这女孩真是不得了，机灵得很。

"两清了。"蒙塔巴诺说，"你是真有事情要告诉我，还是只想找我解闷儿？"

"兼而有之。"米歇尔说，"今天早上听到贾科摩死亡的消息时，我被吓到了。你知道他是怎么死的吗？"

"脸上中了一枪。"

女孩愣了一下，然后两颗珍珠大的泪珠落了下来，弄湿了上衣。

"对不起，我要出去透透气。"

她下了车。就在她往远处走时，蒙塔巴诺发现她肩膀起伏，抽泣了起来。哪个人的反应才是正常的，是她，还是玛利亚斯特拉？综合各方面来看，他们都是正常的。

警长也下了车，朝女孩走过去，递给她一条手帕。

"可怜的人！我真难过！"她擦了擦眼泪说道。

"你们是亲密的朋友吗？"

"不是，但我们在同一间屋子里工作了两年。这还不够吗？"她本来说的是标准意大利语，这时却成了支离破碎的方言。"你能扶我一下吗？"

有那么一瞬间，蒙塔巴诺没明白她的意思，但之后还是用胳膊搂住了她的肩膀。米歇尔靠在警长的身上。

"你想回到车里吗？"

"不。事实上，是他的脸……他非常在意他自己的脸……每天要刮两次……用护肤霜……对不起，我知道我这是咿咿呀呀地说个不停，可……"

她抽了下鼻子。上帝啊，这样的她竟然更漂亮了。

"我不太明白摩托车的那些事。"她深呼吸了一下，抱着自己说道。

警长提起了神。

"负责案件调查的人说，他们在加尔加诺的汽车附近找到了摩托车。"蒙塔巴诺说，"你为什么要提这个？"

"因为他们通常会把摩托车放到后备厢里。"

"说详细点儿。"

"呃，至少他们有一次是那么做的，加尔加诺让贾科摩和他一起去蒙特鲁萨那次。之后，加尔加诺还要去别的地方，不会开车把贾科摩送回来，所以他们就把摩托车塞进了宽敞的后备厢里。这样一来，贾科摩就能自己骑摩托车回来了。"

"也许汽车撞到岩石后，后备厢开了，摩托车被甩了出来。"

"可能是吧。"米歇尔说，"可我还有不少事搞不明白。"

"比如说？"

"回去的路上我再告诉你。我想回家了。"

就在他们向车的方向走的时候，警长记起有人曾说过与米歇尔相同的话：宽敞的后备厢。

## 13

"我还有不少事搞不明白。"米歇尔说。这时，警长已经慢慢把车开回市区了。"首先，为什么加尔加诺的车会在那里被发现？有两种可能：要么上次他去那儿的时候，把车留给了贾科摩，要么就是他又回来了。可他回来做什么呢？如果他把钱藏到安全的地方之后打算一走了之——他上次没有像以往一样，从博洛尼亚的银行往维加塔的账上转钱，所以他肯定是想卷钱跑路，那他为什么要冒着前功尽弃的危险回来？"

"继续说。"

"另外，假设加尔加诺和贾科摩在一起，那他们为什么要像秘密恋人一样在车里相见？为何不是在加尔加诺住的酒店或者其他安静、安全的地方？我确定，他们之前约会的地方都不是在加尔加诺的车里。加尔加诺确实很卑劣，但……"

"你怎么知道加尔加诺卑劣？"

"呃，卑劣，也许并不，但他的确抠门。我知道这些，是因为我曾和他吃过一次晚餐，实际上是两次……"

"他把你约出去的？"

"当然，我也是他诈骗计划的一部分。他很得意。不管怎么说，他带我去了蒙特鲁萨的一家餐馆。我能从他的表情中看出，他很害怕我点贵的菜。后来拿到账单时，他还抱怨了一番。"

"你说这是他诈骗计划的一部分。难道你不觉得是因为你漂亮吗？我认为，所有男人都想让别人看见有漂亮女孩和自己在一起。"

"谢谢你的夸奖。我不想争辩什么，但我得告诉你，他也约玛利亚斯特拉吃过晚餐。第二天，玛利亚斯特拉就完全意乱情迷了，脸上洋溢着幸福的笑容，她都不知道是否该走过来还是该走过去了，就那么在办公室里踱步，都撞到家具上了。还有一些，你知道吗？"

"请说。"

"玛利亚斯特拉回请了他。她邀请加尔加诺到她家吃饭。加尔加诺去了，或者至少我是这么认为的，因为玛利亚斯特拉后来没有再说什么，只是柔声嘟嘟嚷嚷，满是喜悦。"

"她家很漂亮？"

"我从没去过。房子很大，是一栋别墅，就在维加塔郊外，很偏僻。以前，她和父母住在那里，现在是她自己住。"

"玛利亚斯特拉一直在为公司付房租和电话费，对吗？"

"没错。"

"她有钱吗？"

"她父亲肯定给她留下了遗产。你知道吗，就那两张兑现不了的支票，她还自掏腰包赔给我了。'老板之后会给我报销的。'她说。不可能报的。她是脱口而出的，'埃马努埃莱之后会给我报销的。'然后尴尬地红了脸。她对那个男人着了迷，就是不愿意接受现实。"

"什么现实？"

"最好的情况就是，加尔加诺现在生活在波利尼西亚的某个小岛上；最坏的情况就是，他已经被海里的鱼吃了。"

他们到了目的地。米歇尔在蒙塔巴诺脸上亲了一口就下了车。之后，她倚在开着的窗口旁，说道："实际上，我要在巴勒莫参加三场考试。"

"祝你好运。"蒙塔巴诺说，"有消息告诉我。"

※

他直接回了马里内拉的家。一进家门，他就意识到，阿德莉娜已经回来上班了。床单和衬衫放在床上，都已熨平叠好。他打开冰箱，发现里面几乎是空的，只有一些黑橄榄、橄榄油、醋和牛至腌的新鲜凤尾鱼，还有一大块羊奶干酪。打开烤箱时，他那一点点失望就全都不见了：满满一大锅美味烤意面，足有四人份的量。他慢条斯理地把一锅面全吃完了。天气还不错，饭后，他去阳台稍事休憩。他需要思考，但实际上什么事都没做。不一会儿，轻柔的海浪声就带他进入了梦乡。

好在我不是鳄鱼，不然我会被自己的眼泪淹死。

这是他脑中最后一个有意义又或者没有意义的想法。

※

四点，他回到了办公室。米米立即走了进来。

"你去哪儿了？"警长问他。

"出去工作了。听到消息后，我立即赶到现场见了瓜尔诺塔。根据局长的指示，我是代表你去的。那是我们的地盘，不是吗？我做得没错吧？"

奥杰洛要是用心做什么事，也能像模像样。

"绝对没错。做得好。"

"我告诉他，我在那儿只是个帮手。如果他需要的话，我还会去给他买烟，他对此表示感激。"

"他们找到加尔加诺的尸体了吗？"

"没有，他们很沮丧。他们打听了那附近的一位渔民。渔民说，除非加尔加诺被石头卡住了，否则，在周围强大水流的冲击下，他早就被冲到突尼斯了。所以，如果今晚还没找到的话，他们就要停止搜寻了。"

"所以呢？"蒙塔巴诺问米米。

"所以，瓜尔诺塔在明天早上安排了新闻发布会。"

"知道他会说什么吗？"

"当然。你以为我急忙赶到那可怕的地方做什么去了？他会说，加尔加诺和佩莱格里诺都是黑手党仇杀的受害者。我们这位会计师是被打劫了。"

"可我问你，这个黑手党的运气怎么会那么好，恰巧提前一天知道加尔加诺不会去发红利，然后将其杀害？如果他是在九月一号或二号被杀的，那我理解。但提前一天被害，难道你一点儿都不觉得奇怪吗？"

"我当然觉得奇怪，非常奇怪。但不要问我，问瓜尔诺塔去。"

警长大笑，转向了法齐奥。

"你躲哪儿去啦？"

"我在整理一些东西。"法齐奥说，非常严肃，"重磅炸弹。"

他的意思是，他有更高明的想法。蒙塔巴诺没问任何问题，而是让法齐奥慢慢来，尽情享受自己的成就。法齐奥从口袋里掏出一小块纸片，看了看，继续说了起来。

"我成功地找到了自己想知道的东西，花了不少工夫。"

"你花钱了吗？"奥杰洛问道。

法齐奥厌恶地瞥了他一眼。

"我可费了不少口舌。银行拒绝提供小公司客户的信息，尤其当这些公司表现出不良迹象时。但我想办法跟一位高管谈了谈，让他向我透漏了一些信息。他恨不得跪下来，求我不要说出他的名字。你们同意吗？"

"同意。"蒙塔巴诺说，"特别是，这案子并不归我们管。我们纯粹只是出于好奇心，不妨叫作'私密的好奇心'。"

"是这样的，"法齐奥说，"去年十月一号，在他储存工资的那个银行里，有两亿里拉电汇到了贾科摩·佩莱格里诺的账户上。今年一月十五号，又来了两亿。最后一次转账是在七月七号，金额为三亿里拉。总共七亿里拉。在维加塔和蒙特鲁萨，佩莱格里诺只开了这一个账户。"

"账是谁转的？"蒙塔巴诺问。

"埃马努埃莱·加尔加诺。"

"天哪。"奥杰洛说。

"但是，是从他的私人账户转出的，而不是迈达斯的对公账户。"法齐奥继续说，"所以，他转给佩莱格里诺的钱与迈达斯的商业交易无关。很明显，这是一件私事。"

说完后，法齐奥拉长了脸。蒙塔巴诺没有显示出一丝惊讶，这让他很是失望。这消息好像让警长变得有些默然。但法齐奥绝不放弃，继续尝试。

"您知道我还发现了什么吗？每次接到新转账，佩莱格里诺都会在第二天把钱转给……"

"给他盖房的那家建筑公司。"蒙塔巴诺把话补完了。

有个古老的故事，讲的是：很久之前，法国王后说国王不爱她了，因为他从来不会吃醋。法国国王对妻子的这个说法很是厌烦懊恼。于是，国王命令一位朝臣第二天早上去王后的卧室，让他跪在王后脚下，起誓永远爱她。几分钟后，国王会冲进来，看到眼前发生的事，在王后面前大发雷霆。于是，第二天早上，国王站在王后卧室门的后面，等待着朝臣进入卧室，数到一百后直接拔出剑鞘，闯入了房间。结果，他看见王后和朝臣赤裸在床，激情交媾，甚至都没注意到他的出现。可怜的国王离开了，他把剑放回鞘中，说："该死！他们把好戏全毁了。"

法齐奥的反应正好与国王相反。他见蒙塔巴诺毁了自己的好戏便从椅子上跳起来，脸色通红，咒骂着离开了屋子。

"他怎么了？"奥杰洛惊讶地问道。

"说实话，我有时候确实是个混蛋。"蒙塔巴诺说。

"那还用说！"奥杰洛说。他自己也常被蒙塔巴诺戏耍。

法齐奥几乎立即返了回来。看得出来，他刚才出去洗了把脸。

"刚才很抱歉。"他说。

米米张开口，但警长的一个手势又让他闭上了。

"首先，我想知道我记没记错。"蒙塔巴诺转向法齐奥说道，"是不是你告诉过我，佩莱格里诺租汽车时明确说要后备厢宽敞些的？"

"是的。"法齐奥回应道。

"当时，我们以为他是用来装手提箱的？"

"是的。"

"我们想错了，因为他把手提箱落在了新房子内。"

"那他要往后备厢内装什么呢？"奥杰洛插了一句。

"摩托车。他在蒙特鲁萨租了一辆汽车，把摩托车放到后备厢内，然后开车去巴勒莫机场处理飞机票的事。之后，他把车开回蒙特鲁萨，还车后骑摩托车回到了维加塔。"

"我觉得这没什么重要的。"米米说出了自己的见解。

"实际上，这非常重要。因为我获知，他曾有一次把自己的摩托车放进了加尔加诺的车的后备厢内。"

"好吧。但是……"

"我们先放下摩托车的事，回到为什么加尔加诺要为佩莱格里诺的新房付施工费这个问题上来。请记住，我还得知——消息来源很可信，加尔加诺非常吝啬，一毛不拔。"

奥杰洛先说了话。"为什么不是出于爱？根据你所说，他们之间不只是性关系而已。"

"你怎么想的？"蒙塔巴诺问法齐奥。

"奥杰洛警官的解释也许是正确的。但我并不相信，我也说不出原因来。我更倾向于敲诈。"

"敲诈什么？"

"我不知道，也许佩莱格里诺威胁说要把两人的关系公之于众，加尔加诺是个同性恋……"

奥杰洛突然笑了出来。法齐奥疑惑地看了他一眼。

"拜托，法齐奥！你都多大啦？现在，感谢上帝，现在根本没人关心你是不是同性恋。"

"加尔加诺有理由不希望这件事败露。"蒙塔巴诺打断了他们，"但我认为，就算他们之间存在关于这些已知事实的危险，案子也不会这么严重。不，那种程度的威胁是不会让加尔加诺这样的人服帖的。"

法齐奥举起手，不再为自己的假设辩护了。他看着警长。奥杰洛也盯着警长。

"你们怎么了？"

"我们觉得，该你说话了。"米米说。

"好吧。"警长应道，"但我先说明，我现在要讲的是小说情节。换言之，我没有任何证据。另外，就像所有的小说一样，情节有时会脱离作者构思自行展开，走向意料之外的结局。"

"明白。"奥杰洛说。

"我们先从确凿的事情开始：加尔加诺策划了一场骗局，

170

这场骗局不是那种一周就能完成的，而是放长线钓大鱼。他需要创办一家实实在在的公司，有办公室，有雇员，等等。员工中还有一名来自维加塔、名叫贾科摩·佩莱格里诺的小伙子。一段时间后，他们之间产生了暧昧关系，好像是相爱了，不只是一夜情。告诉我这则消息的人还说，尽管他们在努力掩盖，外人还是能从行为中看出两人的关系。有时候，他们会互相微笑，努力寻找对方；而有的时候，他们却噘着嘴，互相指责。完全是一副情侣的样子。不就是这样吗，米米？你最了解了，对不对？"

"怎么，难道你不了解吗？"

"我的意思是，"蒙塔巴诺继续说道，"你们两个都是正确的，他们的故事始于不清不楚，演绎出来也是不清不楚。佩莱格里诺是个偏才，他……"

"打住。"米米说，"什么意思？"

"我说的'偏才'是指，他们有摆弄金钱的本领，不是做农业、商业、工业、建筑业这些行当来赚钱，而是经营金钱本身。他们每天无时无刻不在了解关于钱的一切信息。他们了解钱就像了解自己一样，他们简直知道它的饮食起居。无论天气好坏，他们都知道钱什么时候出生，什么时候会产生更多的钱，或者什么时候想自杀，什么时候想绝育，甚至什么时候想发生不负责任的性关系。他们知道钱什么时候增值，什么时候直线暴跌，就像电视新闻里专家说的那样。这些偏才被称作金融巫师、大银行家、大会计师、大投机者。然而，他们的大脑只在这一个频段灵光。在其他任何方面，他们都显得平庸笨拙，迟缓愚钝，但绝不幼稚。"

"我觉得，你的描述有点儿过了。"奥杰洛说。

"哦，是吗？在你看来，吊死在伦敦黑衣修士桥下的那个人难道不是个偏才吗？还有那一个，那个假装被黑手党绑架，自己朝腿部开了一枪，然后在监狱里喝毒咖啡自尽的人呢？你得了吧！"

米米不敢反驳他。

"接着讲贾科摩·佩莱格里诺。"蒙塔巴诺说，"他是个偏才，遇到了一个更偏才的人，也就是会计师埃马努埃莱·加尔加诺。加尔加诺从一开始就感觉到了两人的惺惺相惜。所以，他雇用了佩莱格里诺，开始给他指派各种任务——那些轻易不会交给另外两名员工的任务。之后，他们之间的关系发生了变化。这种亲近从金钱延伸到了情感。我刚才说，这些人绝不幼稚，但或多或少有些天真。我们不妨假设贾科摩比加尔加诺更精明。但对这个孩子来说，这些细微的差别已经足够了。"

"从哪方面讲？"奥杰洛问。

"从这方面讲：贾科摩肯定立即发现迈达斯出了问题，

但他没有声张，而是仔细留心员工的每次交易。所以，他开始收集数据，连点成线。或许，在他们最亲密的时候，他还问过一些看似脱口而出、实则心怀叵测的问题。他想一步步了解加尔加诺的骗局。"

"加尔加诺就爱得那么深，从不怀疑吗？"法齐奥突然插了一句，语气中带着怀疑。

"你的问题正中要害。"警长说，"这就是这部小说中最薄弱的环节。我们要看看，能否理解加尔加诺这个角色的表演。记住，我最开始说过他们的关系模糊不清。我相信，在某个时刻，加尔加诺感觉到贾科摩距离看清他的骗局已经非常近了，很危险。但是，他又能做什么呢？炒了他只会让事情变得更糟。所以，为了避免冲突，他选择装傻。"

"所以，他希望佩莱格里诺满足于别墅这件礼物，不再要求其他的东西了？"米米问。

"是的，在某种程度上，他并不确定贾科摩是否在敲诈他。可能这个孩子想说服他，不停地跟他讲，拥有属于他们自己的爱巢是多么美好的一件事。等加尔加诺金盆洗手以后，他们甚至可以在那里双宿双飞……他可能通过这种方式让加尔加诺放了心。他们都知道——尽管从来不说——整件事将会如何结束：加尔加诺将携款逃往国外，而由于没有参与诈骗，贾科摩能够平静地享受自己的新房。"

"我仍然不明白，为什么他会告诉叔叔自己要去德国了？"法齐奥仿佛自言自语地说道。

"因为他知道，一旦我们开始寻找加尔加诺，他叔叔就会告诉我们他的消息；同时，在调查取得进展之前，我们不会针对他，而是等着他回来。之后，他会突然出现，像个婴儿一样清白无辜，告诉我们说自己确实去了德国，但那是加尔加诺的圈套，是为了把他支开，因为只有他知道加尔加诺即将卷款私逃。他会告诉我们，根本没有钱转到加尔加诺派他去的那个银行。"

"那他为什么要对机票的事一通折腾？"法齐奥追问道。

"为了保护自己，免遭他人怀疑，包括加尔加诺，还有我们。相信我，贾科摩每一步都规划好了。但之后却发生了意想不到的事。"

"什么事？"米米问道。

"难道脸上中了一枪对他来说还不够意外吗？"警长反问道。

## 14

　　"我们明天再继续第二部分吧？你知道吗？我讲着讲着，就觉得与其说这是小说，不如说是电视剧本。如果我写完并出版了这部小说，评论家肯定会写道：'好吧，这是个剧本，质量一般。'接下来，咱们怎么办呢？"

　　蒙塔巴诺的建议引起了两名听众的抗议。为了听众评分，他只能继续讲。当然，他中间去喝了点儿咖啡歇歇嘴。

　　"然而，加尔加诺和佩莱格里诺近来的关系似乎正在恶化。"他继续道，"尽管我们不能确切地知道这一点。"

　　"我们能。"奥杰洛断言道。

　　"怎么能呢？"

　　"询问给你提供所有其他消息的那个人。"

　　"我不知道她在哪里。她已经去了巴勒莫。"

　　"那就去找科森迪诺女士。"

　　"我可以问问。不过即便加尔加诺和佩莱格里诺在她的眼皮子底下搂着亲吻，估计她也会视而不见。"

"好吧。那我们就假设他们的关系恶化了。但是为什么呢？"

"我没有说它恶化了，我是说它似乎正在恶化。"

"有什么区别？"法齐奥问。

"区别挺大的。如果他们在每个人面前争吵，表现得冷漠和疏远彼此，那是因为他们提前商量好要这样做，只是伪装。"

"看起来有点儿牵强，就算按小说改编剧本的标准来看。"米米讽刺道。

"如果你愿意，我们可以把这些场景去掉，但这将是一个错误。我认为这个孩子在骗局收网在即的时候会明确宣布勒索款额。他想在加尔加诺消失之前获得最大的利益，他想要更多的钱。然而，加尔加诺不会付这笔钱，我们也通过你和法齐奥知道了一个事实，因为你说过，没有更多的存款了。那么，当会计师知道一个敲诈者的贪欲永远无法满足时，他接下来会做什么呢？他假装妥协，甚至让这孩子随便开价，同时不顾一切地诉说着永远不变的爱情。他说两人会带着钱一起逃走，在国外过上幸福的生活。但实际上，贾科摩并不信任他，不过，他接受一个条件：加尔加诺必须告诉自己迈达斯国王联合公司的钱存在了海外的哪家银行。加尔加诺说出了银行的名字和账户密码，同时告诉他，他们在外人面前最好假装争吵，这样的话，一且骗局暴露，警察开始寻找他时，就不会认为两人一起逃跑了。基于同样的原因，他们应该分别去国外的目的地。他们甚至可能连会合地点都选好了。"

"我明白加尔加诺的把戏了！"米米插嘴道，"他给贾科摩的账号密码是真的。这个孩子核实后觉得会计师没有给自己下套。而事实上，就在他准备逃走前的几个小时，加尔加诺已经计划好把这些钱转移到其他地方了，只要几分钟就能完成。他也不准备在相约碰面的外国城市现身。"

"预测得一点儿都没错，米米。但我们已经确定，我们的小贾科摩在这些事情上不是傻瓜。他知晓加尔加诺的计划并通过他的手机监视他，不停地给他打电话。然后，时机来临——也就是八月三十一号，他在破晓时分给加尔加诺打了电话并扬言要把事情全都捅给警方，还逼他直接去维加塔。也就是说，他们要一起走。加尔加诺愿意冒这个险，因为他知道自己别无选择。他开车离开了。他没有使用高速公路通行证，以免留下痕迹。他到达指定地点时已是深夜。随后，贾科摩骑着那辆一直放在新家里的摩托车出现了。他毫不不在乎那两个大手提箱，他关心的只有那个公文包，因为里面装有骗局的证据。所以，两个人见面了。"

"我可以把剩下的讲完吗？"法齐奥插嘴道。他继续说："他们吵了一架。加尔加诺知道自己完蛋了，因为这个孩子已经完全将自己捏在了手掌心。所以，他突然拿出手枪，向对方开火了。"

"准确地说，朝他的脸开了一枪。"奥杰洛补充道。

"那很重要吗？"

"是的，要是一个人朝另一个人脸上开枪，那肯定是有不共戴天的刻骨深仇。"

"我并不认为他们发生过争吵。"蒙塔巴诺说道，"当他从博洛尼亚开车前往时，加尔加诺有充足的时间思考自己所处的尴尬境地。他得出的结论是，那孩子必须死。当然，我觉得这样的场面很适合上电视：两人站在悬崖边上激烈地争吵，随时都有坠崖的危险。然后，贾科摩突然出手，想要夺下加尔加诺的武器，再配上应景的背景音乐。不幸的是，我觉得加尔加诺一见到贾科摩就开了枪，他没有时间可以浪费。"

"所以，在你看来，他是在车外杀了贾科摩？"

"当然。然后，加尔加诺把他放到了方向盘的后面。但可能是因为担心贾科摩的尸体往一边滑，所以他就把尸体放在两个座位中间。这就是为什么托马斯诺经过时没有看到贾科摩的尸体，还认为车里是空的。然后，加尔加诺打开后备厢拿出了自己的手提箱——他可能是故意把它带在身边的，用来表明自己真的要远走高飞。然后，他把摩托车装进了后备厢。当然，他也没忘了从摩托车的小行李箱中取出装有文件的公文包。他把自己的手提箱放在了车后座。这时，托马斯诺出现了。加尔加诺和退休教师玩起了捉迷藏的游戏，等到和他保持安全的距离后，他关上车门，把车推向悬崖边缘。他想象着某个傻瓜将会寻找他的尸体，并且相信整个事件是由他与黑手党之间的恩怨引起的——他想得还真没错。他拿着公文包离开了，不到半小时就来到了汽车来来往往的公路上。他搭了一辆车，可能还给了司机一大笔封口费。"

"剧终。"米米说道，"最后一个镜头，背景音乐，眼前是一条长长的笔直大道……"

"西西里岛有这种地方吗？"蒙塔巴诺问道。

"没关系。我们可以在大陆拍。再来点儿蒙太奇：车开得越来越远，直到变成一个小小的点。定格。屏幕上出现一句话：于是，邪恶战胜了正义。演职员表。"

"我不喜欢那个结局。"法齐奥严肃地说道。

"我也不太喜欢。"蒙塔巴诺插话道，"但你必须接受，法齐奥。世道就是这样。正义，得了吧，把它忘了吧。"

法齐奥更加严肃地皱着眉头。

"要想逮到加尔加诺，我们真的无能为力。"

"把我们的剧本告诉瓜尔诺塔，看看他会怎么说。"

法齐奥起身准备离开房间，直接撞上了上气不接下气、脸色苍白冲进来的坎塔雷拉。

"我的天呀，长官！局长刚刚来电话了！我的天呀，他每次来电话都把我吓得够呛！"

"他是给我打的吗？"

"不是，长官。"

"那他是给谁打的？"

"我，长官，我！我的天呀，我感觉自己要虚脱了！我可以坐下吗？"

"坐下吧，坎塔雷拉。他为什么给你打？"

"好吧，事情是这样的。电话铃响了，我拿起电话说了声'您好'。然后，我听到了局长的声音。'是你吗，坎塔雷拉？'他问道。'是我本人。'我说。'我想让你告诉警长。'他说。'他不在这里。'我说，因为我知道您不想和他谈话。'没关系。'他说。'告诉他我收到收据了。'说完，他接着就把电话挂了。警长，局长讲的这个收据是什么？我不知道什么收据啊！"

"换个话题吧，不要担心，放轻松。"

局长是主动释出善意吗？如果是这样，局长应该直接说出来。光释出善意可不够。

※

回到马里内拉，他发现利维娅送给他的那件毛衣放在桌子上，桌子旁边有一张阿德莉娜留下的便条，说她下午来时打扫了房子，看到了放在衣柜顶部的毛衣。她还写道，自己在市场上找到了一些新鲜的鳕鱼，她煮好了，加点儿油、柠檬和盐就可以吃了。

这件毛衣该怎么办？上帝，犯罪事实怎么这么难以掩盖？他认为自己已经安全处理掉了毛衣，它本该永远待在他扔的地方。然而，它又出现在这儿了。唯一的解决办法是把它埋在沙子里，但他感觉累了。所以，他抓住毛衣，把它扔回了原来的地方。阿德莉娜在接下来几天的时间里不太可能再次翻找出来了。

这时，电话响了，是尼科洛打来的，他让他打开电视，说九点半有特别节目。他看了一下手表，九点十五。他走进浴室，脱下衣服，很快洗完了澡，然后坐到了扶手椅上。他决定看完节目再吃鳕鱼。

打开电视后，一个美国大片式的场景出现了。伴随着齐托的旁白，一辆体积庞大、支离破碎的汽车慢慢地从水中升起。齐托解释道："这次艰难的捕捞作业于日落前不久刚刚完成。"接下来，画面呈现的是汽车停靠在船的甲板上，而一些人正在将其从钢缆上放下来——这些钢索刚才被用于把汽车吊起来。然后，瓜尔诺塔的脸出现了。

"瓜尔诺塔警长，你能告诉我们你在加尔加诺先生的车内发现了什么吗？"

"在后座上，我们发现了一个装有加尔加诺个人物品的手提箱。"

"还有其他的吗？"

"没有其他的了。"

这证实会计师把贾科摩珍贵的公文包带走了。

"你要继续搜索加尔加诺的尸体吗？"

"我正式宣布，搜索加尔加诺的任务到此结束。我们相信，他的尸体已经被卷进了大海。"

这证明加尔加诺想得没错。确实有一个白痴相信他的整个骗局。那个白痴就是著名警长瓜尔诺塔。

"坊间有传闻——作为新闻工作者，我有义务提及，佩莱格里诺和加尔加诺之间的关系有点儿不寻常。你能证实这一点吗？"

"我们也听说了这个传闻，目前正在调查中。这一传闻如果得以证实，可能会起到关键作用。"

"为什么，警长？"

"那就可以解释加尔加诺和佩莱格里诺为何要在深夜来到这个荒无人烟的地方见面了。他们单独来到这里，我怎么说呢，他们被尾随至此，然后惨遭杀害。"

没指望了。瓜尔诺塔陷入了无端的恐惧之中。这无疑是黑手党干的，所以这就是黑手党干的。

"大约一个小时前，我们与验尸官帕斯夸诺通过电话，他刚刚完成了贾科摩·佩莱格里诺的尸体解剖。他说，这个年轻人被一枪击中眉心，抵近射击。子弹未洞穿，已经被找到。帕斯夸诺法医说是小口径火器。"

齐托停了下来，不再说话。瓜尔诺塔看起来有点儿困惑。

"所以？"

"那么，对于黑手党而言，这件武器难道不是有点儿不寻常吗？"

瓜尔诺塔轻蔑地笑了。

"黑手党会选择他们想用的任何武器，他们没有任何偏好，从火箭炮到牙签。永远别忘了这一点。"

齐托看上去很茫然，显然，他不明白牙签是如何成为致命武器的。

蒙塔巴诺关了电视。

"我能干的瓜尔诺塔，"他自言自语道，"这些武器之中还包括一帮像你这样的人。"检察官、警察、宪兵队这些人，当黑手党根本没犯下恶行时，他们把恶行归到黑手党头上；而当黑手党真正犯下恶行时，他们又无力查出。

但是，他不想发火，美味的鳕鱼正等着他呢。

※

他决定早点儿睡觉，睡前还能读一点儿书。他刚躺下，电话铃就响了。

"亲爱的？事情终于都安排好了。我明天下午坐飞机过去，应该是八点左右到达维加塔。"

"你要是告诉我到达时间的话，我会去巴勒莫机场接你。我也没有太多的事情要做，很想去接你。"

"事实上，我公司这边还有一些麻烦事要处理，不知道什么时候才能走。别担心，我坐公交车过去，你下班的时候我差不多就到了。"

"好的。我会尽量早点儿回家，不能像平常一样。我真的想和你在一起。"

"怎么了？你觉得我不想你吗？"

他的眼睛本能地徘徊在藏着毛衣的衣柜顶部。他必须在第二天早上上班之前把它埋了。但是，如果利维娅问起她送的礼物怎么办？他会假装吃惊，这样一来，利维娅最终会怀疑到她讨厌的阿德莉娜头上，而阿德莉娜同样也会好好地回敬她。然后，他还没来得及反应过来，自己就已经拿起一把椅子，顶住衣柜。他爬上了椅子，用手四处摸索，摸到毛衣后便下了椅子，把椅子放回原处。他拿起手中的毛衣，用力撕扯，在上面弄了一个、两个、三个洞，然后用刀戳了五六下，把它扔在地上。一个真正的凶手正在承受着杀人狂的痛苦。最后，他把它放在了厨房的桌子上，为了第二天早上不会忘记埋掉它。他马上觉得自己的所作所为有多么可笑。为什么他会让自己屈服于这种愚蠢的、不受控制的愤怒？也许是因为他一直在压抑它，然后看到了如此残酷的事实：毛衣又摆在了他面前？好吧，现在，他已经让毛衣脱离了自己的生活。他不仅发现了自己的可笑，还陷入了愁闷的悔恨中。可怜的利维娅，如此执着地选择那件毛衣作为礼物送给他！然后，他进行了一个荒谬的、不称其为比较的比较。玛利亚斯特拉·科森迪诺对心爱之人——更准确地说是倾慕之人——加尔加诺送给自己的毛衣会是什么态度？她是那么的倾慕他，但是，她现在不知道，将来也不会知道，他只是一个流氓和骗子——一个带着钱逃跑的人，一个为了独吞财富、冷血地杀害了另一个男人的人。当初，为了让加祖洛老人镇定下来，他编造了电视上宣布加尔加诺被捕的故事。为什么她在那时没有任何反应？因为她家里没有电视，所以她会认为蒙塔巴诺说的话似乎是合乎逻辑的。然而，一点儿也不符合逻辑，无论一个走动，一个起身，甚至一声叹息。当他告诉她，佩莱格里诺的尸体已经找到时，她的反应别无二致。她本该陷入绝望，想象她心爱的会计师可能也遭受了类似的命运。然而，那个时候，她的举止还是一样的。他觉得自己好像在跟一个死物谈话，确切地说，是在跟一个瞪着眼睛的雕像谈话。玛利亚斯特拉·科森迪诺女士的表现看起来像是……

电话铃响了。住在这栋房子里的自己就没有一个晚上能睡个好觉吗？反正，现在已经很晚，差不多一点钟了。骂了几句后，他拿起了听筒。

"你好？你是谁？"他以一种可能连劫匪都会被吓跑的声音说道。

"我把你吵醒了吗？我是尼科洛。"

"没有，我还睡着呢。有什么新闻吗？"

"没有，但是我想告诉你一些有意思的事情。"

"我非常想听。"

"我刚才采访了托马塞奥检察官，你猜他怎么说？他说，真相可能不是瓜尔诺塔认为的那样，他们两人不是黑手党害死的。"

"那么，会是谁呢？"

"托马塞奥说凶手另有其人，是一个嫉妒的情人撞见了他们的好事。你怎么看？"

"和托马塞奥一起办案，一旦涉及一丝性爱，他的想象力就源源不断。你要什么时候播出这则消息呢？"

"永远不打算播出。检察官发现事情不对后就一直跟我念叨，可怜的家伙。我跟他保证了，不会把采访的事播出去。"

※

他读了三页西姆农的书，但无论他多么想读，他都读不下去了，因为他太困了。他关掉了灯，立刻陷入了一场噩梦之中。他再次来到水下，靠近了加尔加诺的车，看到贾科摩的尸体在车里，就像一个失重的宇航员，迈着像跳舞一样的步子。这时，一个声音从岩石的另一边传了过来。

"咕咕！咕咕！"

他立刻转过身去，看到了已经死了很久的埃马努埃莱·加尔加诺。他的脸上覆盖着绿色的海带，海藻缠绕在他的胳膊和腿上。水流让他的身体慢慢地转着圈，他仿佛被扎在了烤肉叉上，正在被烈火烘烤。每当加尔加诺的脸，或者说还剩下的脸往上仰起面对蒙塔巴诺时，他的嘴巴就会张开说道："咕咕！咕咕！"

他勉强使自己从梦境中逃离出来，醒来时满身大汗。他打开灯，突然想起了另外一束光，这束光如同猛烈迅速的闪电一样闪现在他的脑海里。

他想起了之前被齐托的电话打断的思路：玛利亚斯特拉·科森迪诺女士的行为看起来像是知道埃马努埃莱·加尔加诺隐藏在何处。

## 15

在冒出最后的想法之后，他几乎不能入眠。迷迷糊糊地
睡去之后，不到半个小时就醒了，他满脑袋里想的都是玛利
亚斯特拉·科森迪诺。除了尸体外，警长从来没有见过贾科摩，
但通过迈达斯国王联合公司的另外两个雇员，他得到了一个
明确的感觉。早晨七点起床之后，他播放了自由频道给他的
录像带，仔细观看了起来。玛利亚斯特拉出现了两次，两次
都是在维加塔办公室上班期间。她站在加尔加诺旁边，向他
投出崇拜的目光。一开始是一见钟情，随着时间的推移，一
见钟情变成了一种彻彻底底的痴恋。他必须找那个女人谈话，
而且借口都是现成的。由于他的假设逐渐被证实，他会问她，
加尔加诺和佩莱格里诺之间的关系在最后是否已经变得十分
紧张。如果她说是的话，那么这个假设——两人伪装出不和
的样子——就是正确的。然而，在去看她之前，他决定先更
深入地了解一下她。

他八点左右到了局里，立即把法齐奥叫了过来。

"我需要玛利亚斯特拉·科森迪诺的一些资料。"

"噢，我的天啊！"法齐奥说道。

"有什么好吃惊的吗？"

"长官，我吃惊的是，她已经是行尸走肉了！您想知道什么？"

"在镇里是否流传着任何关于她的消息，比如说，在加尔加诺雇用她之前，她做什么工作或者在哪里工作，她的父亲和母亲是谁，她住在哪里，她有什么习惯……"

"我有多少准备时间？"

"最晚十一点向我报告。"

"好的，长官，但您必须帮我一个忙。"

"我很乐意帮忙，如果可以的话。"

"您可以的，长官，您可以的。"

他走出去，片刻后夹着一摞文件回来了。

※

十一点整，法齐奥准时敲了敲门走了进来。警长很高兴看到他。警长已经签完了四分之三的文件，手臂都麻了。

"把这些文件从我办公桌上拿走。"

"没签完的也拿走？"

"都拿走。"

法齐奥把它们抱起来，带回了自己的办公室，然后又返了回来。

"我没有找到太多关于她的信息。"他说着坐了下来。

他从衣袋里拿出一张纸，上面满是潦草的字迹。

"法齐奥，在开始说之前，我恳求你尽可能严格控制报告时间，只讲重点就行。我对玛利亚斯特拉父母何时何地结婚不感兴趣，好吗？"

"好吧。"法齐奥说道，皱了皱鼻子。

他看了那张纸不止两遍，然后折叠起来放回口袋。

"长官，科森迪诺女士和您一样大。她是唯一一个于一九五〇年二月份出生在这里的孩子。她的父亲是安吉洛·科森迪诺，来自维加塔最古老的家族，经营木材生意，是一位朴实的公民，深受尊重。美国人在一九四三年到达这里时，他被选为市长，任职至一九五五年，之后退出政坛。她的母亲，卡梅拉·瓦西里·柯佐……"

"你说什么？"蒙塔巴诺问道。在那之前，他一直听得心不在焉。

"瓦西里·柯佐。"法齐奥重复道。

她可能与克莱门蒂娜太太有关系！如果是这样的话，事情就好办了。

"等一下。"他对法齐奥说道，"我得打个电话。"

听到蒙塔巴诺的声音，克莱门蒂娜太太听起来很高兴。

"从你上次来看我到现在得有多久了，你这调皮的男人？"

"请原谅，夫人，是公事，您知道的……听着，您是不是卡梅拉·瓦西里·柯佐，也就是玛利亚斯特拉·科森迪诺的母亲的亲戚？"

"当然。我跟她是堂亲，你为什么问起这个？"

"克莱门蒂娜太太，您介意我拜访您吗？"

"你很清楚我多么想见你。遗憾的是，我不能请你共进午餐了，因为我儿子一家三口在这里。但是，如果你想下午四点左右拜访……"

"谢谢您。待会儿见。"

他挂了电话，若有所思地望着法齐奥。

"你知道我要说什么吗？我要说，这部分可以略过了。跟我讲玛利亚斯特拉自己的八卦就行了。"

"什么八卦？这里只有她对加尔加诺爱的死心塌地的事实。但大家都说，他们之间真的没什么。"

"好了，你可以走了。"

法齐奥喃喃自语地出去了。

"这个活宝浪费了我整个上午的时间！"

※

在圣卡罗杰诺餐厅，警长无精打采地吃着饭，老板都觉察到了。

"是有什么担忧吗？"

"有一些。"

他出了餐厅，沿着码头散步，来到灯塔。

他像往常一样坐在岩石上，点燃了一支雪茄。他不想思考任何事情。他只是想坐在那儿听海浪在岩石缝隙间冲击的声音。尽管他想尽办法不去想任何事情，但是有些想法还是会在脑海里浮现。他突然想到了被砍掉的橄榄树。现在，只有岩石是他的避难所了。尽管是在户外，他还是突然觉得很奇怪，仿佛透不过气来，就好像他的生活区突然大幅缩减了。

※

喝完咖啡后，两人在客厅里坐下，克莱门蒂娜太太开口了。

"我堂妹年纪轻轻就嫁给了安吉洛·科森迪诺，他是个很不错的人，受过教育，思想开明。他们只有一个孩子——玛利亚斯特拉。她是我的学生，有自己的特点。"

"什么特点？"

"这个……她封闭保守，比较沉闷。此外，她也很庄重。后来，她在蒙特鲁萨大学取得了会计学位。我认为，在她十五岁的时候，她母亲的去世一定对她产生了相当大的负面影响。从那一刻起，她把全部精力都放在了父亲身上，从未踏出过房门半步。"

"他们经济上很富裕吗？"

"不算富裕，但我觉得他们也不穷。卡梅拉去世五年后，安吉洛也去世了。那时候，玛利亚斯特拉已经二十岁了，所以她不再是一个小女孩了，但她的行为依然像小女孩一般。"

"她做了些什么？"

"当我得知现安吉洛去世了时，我和其他一些人——既有男人也有女人——去看望玛利亚斯特拉。玛利亚斯特拉前来迎接我们，穿着与平日一样很时髦的衣服。即使在她母亲去世的时候，她也没有穿黑色丧服。作为她的近亲，我抱住她并试图安慰她。但她从我怀里挣脱了出去，看着我。'为什么要这样，谁死了？'她问道。我的血液都要凝固了，我的朋友啊。她无法接受父亲已经死了的事实。这个问题持续了……"

"长达三天。"蒙塔巴诺说道。

"你怎么知道？"克莱门蒂娜·瓦西里·柯佐吃惊地问道。

警长看着她，甚至比她还惊讶。

"如果我告诉您我不知道，您会相信我吗？"

"嗯，的确持续了三天。我们尝试了各种办法说服她，我们所有人，包括牧师、医生、我和殡仪馆的工作人员。真是千难万难啊！可怜的安吉洛的尸体就那样停放在床上，大家就是说服不了玛利亚斯特拉把尸体交给送葬者。然后……"

"当你们要诉诸武力的时候，她让步了。"蒙塔巴诺说道。

"好吧。"瓦西里·柯佐夫人说道，"如果你都知道了，我跟你讲还有什么意义呢？"

"相信我，我真的不知道。"警长不安地说道，"然而，好像有人已经跟我讲了同样的故事。只是我不记得怎样、在哪儿，以及为何告诉我了。让我们做一个试验。如果我问您，'你们所有人开始觉得玛利亚斯特拉疯了吗？'我大概已经知道你们会回答什么了。'我们并不认为她疯了，她肯定有自己的理由。'"

"你说得对。"克莱门蒂娜太太惊讶地说道，"这正是我们所想的。玛利亚斯特拉倾尽全力去拒绝现实。她拒绝成为孤儿，不愿接受自己在生活中没有另外一个人可以依靠这一事实。"

但是，天哪，他怎么知道故事中这些人物的想法？一九七○年前后，他和父亲已经离开维加塔，而且过去好些年了，在那边也没有亲戚朋友。因此，他不可能从亲身经历过的人那里听说这个故事。那究竟是怎么回事呢？

"接下来发生了什么？"

"这些年来，玛利亚斯特拉靠父亲留下的一点儿钱维持生活。然后，一个亲戚在蒙特鲁萨大学给她谋了个职位，她在那里干到四十五岁。但她不与任何人交往。然后，不知道什么时候，她辞去了工作。她解释道——我忘了她跟谁解释过，她辞职是因为开车上下班让她太害怕了，交通十分拥挤，这让她很郁闷。"

"但是，其实只有不到十公里的距离啊。"

"我能说什么呢？别人只要跟她说，你去镇上也得开车啊，她就会答道：'我感觉那条路更安全。'因为她很熟悉。"

"她为什么又决定重新开始工作？难道她需要钱？"

"不，在蒙特鲁萨工作的那段时间，她存下来了一笔钱。我觉得她有一小笔退休金。尽管钱不多，但是足以维持生活。她回去工作是因为加尔加诺找上了她。"

蒙塔巴诺直接从扶手椅里跳起来，就像离弦的箭一样。瓦西里·柯佐夫人被警长的反应吓了一跳，一只手放在胸口上。

"他们互相认识？！"

"请冷静下来，警长。你差点儿把我吓死了。"

"对不起。"蒙塔巴诺说着坐了回去，"我还以为是她把自己引荐给加尔加诺的。"

"不是的，听我接着讲啊。第一次来到维加塔时，埃马努埃莱·加尔加诺打听了安吉洛·科森迪诺的下落并解释说自己的叔叔曾经住在米兰，把他抚养长大，还告诉过他，安吉洛当市长的时候帮过他很多忙，他没破产多亏了安吉洛。其实，上世纪五十年代的时候，我记得有一个叫菲利普·加尔加诺的推销员住在维加塔。总之，加尔加诺被告知安吉洛已经去世了，唯一幸存的家庭成员是他的女儿玛利亚斯特拉。加尔加诺非常渴望见到她，最终为她提供了一份工作，而她也接受了。"

"为什么？"

"要知道，警长，玛利亚斯特拉自己来找过我并和我谈到了这份工作，这是我最后一次见到她。之后，她再也没有来过我家。总之，自从她的父亲去世后，我们很可能只见过十次面吧。警长，对于你的问题，我的回答很简单：她已经幼稚地、无可救药地爱上了加尔加诺。看她谈论他的方式我就明白了。我相信她过去从未交过男朋友。可怜的人，你知道她就像……"

"但是为什么？"蒙塔巴诺重复道。

克莱门蒂娜太太疑惑地看着他。

"你没听我说什么吗？玛利亚斯特拉陷入了……"

"没有，我正在想，为什么像加尔加诺这样的刁滑之徒会聘用她，难道是出于感激？我们不要自欺欺人了。加尔加诺是条鲨鱼，哪怕让他撕开同类的喉咙他也毫不心悸。他在维加塔有三个员工。其中一个，就是被谋杀的那个是一个聪明的年轻人，业务水平很高，尽管他自称不称职，或者只是勉强够格。但是，加尔加诺立马知晓了他的本事。另一个是个漂亮姑娘，以她的情况，您也可以理解加尔加诺为什么会聘用她。但玛利亚斯特拉呢？"

"出于自身利益，"克莱门蒂娜太太说道，"纯粹的自身利益。首先，在全镇人的心目中，他树立了知恩图报的形象，不会忘记任何直接或间接帮过他的人。从某种意义上说，他雇用玛利亚斯特拉是为了报恩。难道你不觉得这是骗子的绝佳伪装吗？其次，一个深爱自己、可以任由自己肆意操纵的女人对任何男人来说都不是坏事，不管是不是骗子。"

※

他以为自己记得迈达斯国王联合公司是五点半关门。可与克莱门蒂娜太太聊天的时候，他把时间抛在了脑后。他道谢告辞，还答应很快会回来，之后就上车离开了。敢不敢打赌？他到的时候办公室已经关门了？驶过迈达斯国王联合公司时，他看到玛利亚斯特拉站在关好的门外，在钱包里不停地翻找，可能是在找钥匙。他几乎立刻找到一个地方停好车，走了下来。接下来发生的一切就如同电影中的慢动作一般：玛利亚斯特拉正低着头过马路，既没看左边也没有看右边。这时，一辆车驶了过来，她立马停住了。蒙塔巴诺听到刺耳的刹车声，那辆车非常缓慢地直接撞到了她，然后，她缓慢地倒下了。

警长继续前行，一切都恢复到了正常节奏。

司机从车上下来，弯下身面向玛利亚斯特拉，她躺在地上，不过还在动弹并试图重新站起来。其他人正在赶往现场。司机衣冠楚楚，年约六十，吓得要死，面如白纸。

"她突然停了下来！"他说道，"我以为……"

"你伤得严重吗？"蒙塔巴诺问玛利亚斯特拉，同时将她扶了起来。然后，他转向围观群众："都回家吧！不严重！"

大家认出了蒙塔巴诺，人群散去了。但是，司机丝毫没有挪步。

"你想要干什么？"当他弯腰捡玛利亚斯特拉的钱包时，蒙塔巴诺问道。

"你是什么意思，我想干什么？我要带这位女士去医院！"

"我不想去医院，我很好。"玛利亚斯特拉坚定地说道并向警长求助。

"不，一定要去！"那人说道，"刚才的事不是我的错！要出一个检查报告！"

"为什么？"警长问道。

"因为没准儿这位女士之后会悄悄现身，说自己全身多处骨折，那我可就完了！"

"如果你在一分钟内没有离开我的视线，"蒙塔巴诺说道，

"我会给你一拳。检查报告你可以直接拿给我。"

这个人一句话也没说，回到车上离开了，轮胎发出吱吱的声音。这种事他以前可能从来没有做过。

"谢谢你。"玛利亚斯特拉说道，把手递给他，"祝你今天过得顺利。"

"你接下来要干什么？"

"我要开车回家。"

"绝对不行！你不适合开车。你没看到自己在颤抖吗？"

"看到了，但这是正常的。几分钟就会消失。"

"听着，你不用去医院是我帮了你。现在，你必须按照我说的做。我开车送你回家。"

"好的，但我明天怎么上班？"

"我保证，今天晚上，我的手下会把你的车停在你家门前。现在给我车钥匙，免得我忘记了。黄色的菲亚特五零零，是不是？"

玛利亚斯特拉·科森迪诺从钱包里拿出钥匙，递给警长。他们走向蒙塔巴诺的车时，玛利亚斯特拉略微拖着左腿，左肩高高耸起，或许是为了减轻疼痛。

"你需要挽着我的胳膊吗？"

"不了，谢谢。"

礼貌而坚定。

如果她挽着警长的手臂，人们看到她如此无拘无束地与一个男人在一起，会怎么想她？

蒙塔巴诺为她打开车门，她缓慢而小心地上了车。

显然，她的心灵受到了重创。

问：蒙塔巴诺警长原本应该怎么做？

答：把那个不开心的女人送往医院。

问：那他为什么不这样做呢？

答：事实上，萨尔沃·蒙塔巴诺先生就是一个打着警长幌子的卑鄙之徒，因为他想利用玛利亚斯特拉·科森迪诺受伤的机会击破她的心防，挖出她自己的一些事情以及她与骗子、谋杀犯埃马努埃莱·加尔加诺的关系。

"哪儿受伤了？"蒙塔巴诺一边询问，一边插车钥匙打火。

"我臀部和肩膀都受伤了，不过是摔的。"

她的意思是，那个六十岁男人的车只是猛地一撞她，把她撞倒在地。她的伤是在人行路上摔倒导致的，但是并不严重。第二天醒来时，她会发现臀部和肩上有一小片瘀青。

"告诉我怎么走。"

玛利亚斯特拉指示着他将车开出维加塔，让他转向一条没有房子的道路，但是有几座孤零零的别墅，其中一些处于废弃状态。警长确信自己从来没有来过这条路，因为他看到这片区域时感到很惊讶：近年来的"建设大繁荣"把到处都变成了野蛮生长的水泥丛林，而在这里，时间似乎凝固在了之前的某个时段。

"你看到的大部分别墅都建于十九世纪后期。它们是维加塔的富人在乡间的别墅。有人出一大笔钱要这块地，但被我们拒绝了。就在那边。"

蒙塔巴诺的眼睛没有离开道路，但他知道，这是一座宽敞的方形屋宇，墙壁被刷成了白色，还有塔楼、尖顶和廊柱阳台，富有七十年代的生活气息。

最后，他抬起头看见了房子。正是他想象中的样子，只不过比想象中更好。它完全符合别人向他展示的图景，一模一样，但是，是谁跟他讲的呢？在这之前，他有可能看见过那栋房子吗？没有，他可以肯定，自己没有见过。

"这房子是什么时候建的呢？"他问道，有点儿害怕得到答复。

"一八七〇年。"玛利亚斯特拉说道。

# 16

"我好多年都没上楼了。"玛利亚斯特拉打开了前面那扇大门，"我一直住在楼下。"

沉重的铁栅栏嵌在窗户上，上面掉了几个板条的遮板已经褪色。墙上的一些石膏也快要脱落了。

玛利亚斯特拉转过身来。

"如果你愿意进来的话……"

她的话是在邀请，可眼神却似乎在说："赶紧走开，让我自己待会儿。"

"谢谢。"蒙塔巴诺说。

他们穿过一个朴素昏暗的大厅，然后上了一个更加昏暗的楼梯。这里似乎很久没人来过了，散发着一股潮湿的土腥味。玛利亚斯特拉打开起居室的门，里面厚重的家具上都盖着皮罩。在克莱门蒂娜太太家折磨着他的噩梦越发让蒙塔巴诺感到压抑。脑中响起一个陌生的声音："找一下画像。"他照做了。他看了看周围，壁炉前面，一副留须老人的画像嵌在生锈的镀金画框中。

"这是你父亲吗?"他明知故问,可是又怕真的是她父亲。

"是。"玛利亚斯特拉说。

蒙塔巴诺真的无法控制自己。他不得不深入那个不可理解的、处于现实和想象之间的黑暗地带。这是他经过思考得出的一个事实。突然,他感到自己浑身发热,而且越来越热。他到底怎么了?他不相信有什么魔法,可就在这个时候,他需要伟大的信念让自己保持理智,摒除怪力乱神,坚持实事求是。他意识到自己在出汗。

他过去有过这样的经历,然而屈指可数,那就是第一次看到一个地方就感觉好像之前来过一样,或者会回忆起过去的经历。可这一次完全不同。那些他回想起来的话之前从未有人对他说过,从未有人说出来过。不,他深信他之前在什么地方读到过。那些话对他的刺激很大,也许使他很苦恼,以至于深深印在记忆中。那些话曾经被他遗忘,可是现在又重新出现在脑海里。他突然明白了。他陷入了深深的恐惧之中,他的人生中从未出现过这种恐惧感。他明白了。他意识到自己生活在一部虚构的小说中,一篇自己之前读过的福克纳写的短篇小说中。这怎么可能?可是没有时间解释了。他能做的只有继续阅读那个他熟悉的故事,继续在故事中生活,直到以悲剧收场。没有什么其他办法。他站了起来。

"我想让你带我参观一下你家。"

她吃惊地看着他，有些恼怒，因为警长说话的方式带着些凶狠。但她不敢拒绝。

"好吧。"她说着，挣扎着站了起来。

被车撞倒造成的疼痛再次袭来。她一只肩膀明显抬高，一只手托着胳膊，领着蒙塔巴诺沿着一条长长的走廊走下去。她打开左边第一扇门。

"这是厨房。"

厨房很宽敞，可几乎没有使用过。一面墙上挂着几口铜壶和平底锅，上面厚厚的灰尘几乎将它们变成了白色。她打开了大厅的门。

"这里是用餐的地方。"

房间里布置着巨大的胡桃木家具，在过去的三十年里，这些家具也许只用过一次，顶多两次。她又关上了门。

他们又走了几步。

"这里是浴室。"玛利亚斯特拉说。

但是，她没有打开那扇门。她又继续走了三步，然后在一个关着的门前停下。

"这是我的房间，但里面很乱。"

她转过身向对面的房间走去。

"这是客房。"

她打开门，伸手打开了灯，然后站在一边让警长过去。这间屋子仿佛笼罩着刺鼻的坟墓棺罩的味道。

很快，蒙塔巴诺见到了想见的东西：一套西装整齐地搭在椅子上面，下面是两只前密后开的鞋子和两只废弃的袜子。

里面有一张被血迹染成泛棕色的床，床上有一个裹着塑料布，甚至还用胶带密封着的包裹——埃马努埃莱·加尔加诺的尸体。

"这里没什么好看的。"玛利亚斯特拉·科森迪诺说着关上客房的灯和门。她转过身，靠着另一边，沿着走廊朝起居室走。蒙塔巴诺一动不动，站在被关上的门前，一步也动不了。玛利亚斯特拉根本没看到那具尸体。对她而言，它并不存在，他没有躺在那张布满血迹的床上。她已经故意把这些全部忘记了。就像多年以前她对父亲做的那样。警长感到一场暴风在脑中刮起，他连一句有意义的话，甚至连一个字都说不出来。接着，他的内心开始哀号，像是一只受伤的野兽。他努力移动了一步，挪动着自己几乎快要瘫痪的身体向起居室走去。玛利亚斯特拉坐在一把扶手椅上。她面色苍白，右手托着胳膊，嘴唇在颤抖。

"上帝，我突然感觉好痛！"

"我帮你叫医生。"警长趁着自己还有一丝镇静时说道。

"请找拉斯皮纳医生。"她说。

警长知道这个人。他六十岁，虽然已经退休，但是仍然会为朋友看病。

警长跑进前厅，电话旁边有一个电话簿。他能听到玛利亚斯特拉的呻吟声。

"拉斯皮纳医生？我是蒙塔巴诺。您认识玛利亚斯特拉·科森迪诺女士吗？"

"当然认识，她是我的一个病人。怎么了，她发生什么事了？"

"她被车撞到了，肩膀很疼。"

"我马上过去。"

这个时候，他反复思考的解决方法终于浮现了。他压低了声音，希望医生听起来不会很困难。

"听着，医生。我想请您帮个忙。我对此事负全责。现在，不要问任何问题。我需要让玛利亚斯特拉女士深度睡眠几个小时。"

他挂断电话，做了三四次深呼吸。

"他马上就来。"他说着走回起居室，尽可能表现得正常。

"很疼吗？"

"很疼。"

当他后来不得不复述这个故事时，警长记不得他们还说了些什么。也许他们彼此都很安静。

一听到车停下的声音，蒙塔巴诺马上站起来去开门。

"我是认真的，医生，该怎么治怎么治，但最重要的是，让她沉睡过去。这对她有好处。"

医生盯着他的眼睛看了很久，最终决定不问任何问题。

蒙塔巴诺等在外面，点着了一根烟，在房前踱步。天已经黑了。他又想起了退休教师托马斯诺。夜有什么味道？他深深地吸了一口气。闻起来有水果腐烂的味道。

※

半小时后，医生走出了房子。

"没有骨折。肩上有几处瘀青，我已经包好了。我劝她去睡觉，就按你说的。她已经睡着了，会睡上好几个小时。"

"谢谢您，拉斯皮纳医生。给您造成的麻烦，我想……"

"别介意。从她小时候起，我就给她看病。但是，我不放心她一个人待着。我想给她喊一个护士。"

"我会在她身边，不用担心。"

他们道了别。警长等到车消失不见才又回到房里，锁上了门。现在，到了最艰难的时刻，他回到小说的噩梦中，又变成了小说中的人物。他路过玛利亚斯特拉的房间，看见她在睡觉，身上盖着褪色的玫瑰色毯子。他看着玫瑰色的灯，梳妆台上精巧地装饰着一排水晶。她睡得并不安稳。她银灰色的头发好像在枕头上不停地移动着。他下定决心，打开了另一扇门，然后打开灯走了进去。包裹反射着灯光，闪闪发亮。他走向它，弯腰去查看。埃马努埃莱·加尔加诺的上衣贴在心脏上面，弹洞清晰可见。他不是自杀的。手枪好好地放在床的另一端。是玛利亚斯特拉在他睡觉时射杀了他。在离死者最近的那个床头放着一个钱包和一块劳力士手表。床旁边的地板上有一个打开的公文包，里面是电脑磁盘和文件。这是佩莱格里诺的公文包。

现在，他必须结束这个故事。在第二个枕头上会不会有人头压过的痕迹？会不会有一缕银灰色的长发？他必须亲自看看。枕头上既没有人头压过的痕迹，也没有银灰色的头发。

他松了一口气。至少他已经查过了。他关了灯，关好门，走进玛利亚斯特拉的房间，拉过一把椅子坐在她的身边。他曾经听某个人说过，平静的睡眠是无梦的。那么，为什么这个可怜的身体会时不时地抽搐震颤，像是被电击一样？他还听同样一个人说过，人在睡觉时是不会真哭的。那么，为什么这个女人的眼里会涌出大大的泪珠？包括科学家在内，谁知道在神秘莫测、不可言状的睡眠王国中会发生什么？他把她的一只手放在自己手里。她的手很烫。他高估了加尔加诺，这个人就是一个骗子，是杀害佩莱格里诺的凶手。加尔加诺将自己的车推进海里，拿着公文包跑来找玛利亚斯特拉。他确定她从不会多说什么，从不会背叛他。而玛利亚斯特拉向他表示了欢迎，给他安慰，把他带进了自己家中。然后，她在他睡着后射杀了他。这是嫉妒吗？是因为知道了她的埃马努埃莱和贾科摩之间的关系而报复吗？不，玛利亚斯特拉永远不会那样做。接着，他懂了：她是为了爱情，是为了她这一生中唯一爱过的人不受侮辱、不被玷污、不会在未来进入监房而射杀了他。除此之外，没有别的解释了。警长思想中黑暗的一面（或者说光明的一面）建议他这样做：扛起包裹，放进自己车的后备厢中，带着它到贾科摩被谋杀的地方，然后扔到海里。谁也不会怀疑这件事和玛利亚斯特拉有什么关系。然后他就能满意地看着瓜尔诺塔的表情——他在发现加尔加诺被塑料包裹着的尸体时脸上的表情。为什么黑手党会将他包起来？瓜尔诺塔一定会愤怒地自言自语道。

可他是一名警察。

他站了起来。已经八点多了。他向电话走去。也许瓜尔诺塔已经到办公室了。

"喂，瓜尔诺塔？我是蒙塔巴诺。"

他解释了要对方做的事情，然后回到玛利亚斯特拉的房间。他用床单的一角擦掉她顺着眉毛留下的汗，坐下来，又把她的一只手放在自己手中。

接着，不知过了多长时间，他听到许多辆车停下的声音。他打开了前门，走出去和瓜尔诺塔见面。

"叫救护车和护士了没？"

"他们在来的路上。"

"仔细检查周围。那里有一个公文包，也许能帮你找回丢失的钱。"

在回马里内拉的路上，他不得不将车开到路边停了两次。他已经无力开车了。他已经耗尽了精力，不只是身体上的。他第二次从车中走出来时，外面已经彻底黑了。他做了一次深呼吸，发现夜的味道变了。现在的味道是新鲜的，带着小草、香茅和野生薄荷的芳香。他继续开车，虽然精疲力竭却如获新生。

一回到家，他就僵住了。利维娅正站在房间中央，皱着眉头，眼里满是愤怒，双手举着他忘记丢掉的毛衣。蒙塔巴诺张了张嘴，却没发出任何声音。利维娅慢慢垂下胳膊，表情为之一变。

"哦，我的上帝，萨尔沃，你怎么了？发生什么事了？"

她把毛衣扔到地上，跑过来拥抱他。

"你怎么了，亲爱的？发生什么事了？"她绝望又害怕地紧紧地抱着他。

蒙塔巴诺依旧不能说话，也无力去拥抱她。他的脑中只有一个声音，明亮又有力：

她在这里真好。